文海踏浪

刘德有 著

中国文史出版社

图书在版编目（CIP）数据

文海踏浪／刘德有著． -- 北京：中国文史出版社，
2025.1． -- ISBN 978 - 7 - 5205 - 4903 - 5

Ⅰ．I267

中国国家版本馆 CIP 数据核字第 2024L54W61 号

责任编辑：刘华夏

出版发行：**中国文史出版社**

社 址：北京市海淀区西八里庄路 69 号　　邮编：100142

电 话：010 - 81136606　81136602　81136603　81136642（发行部）

传 真：010 - 81136655

印 装：廊坊市海涛印刷有限公司

经 销：全国新华书店

开 本：787mm×1092mm　1/16

印 张：13

字 数：161 千字

版 次：2025 年 2 月北京第 1 版

印 次：2025 年 2 月第 1 次印刷

定 价：48.00 元

目

CONTENTS

录

走近日本作家大江健三郎

　　战后初期，在日本文坛上曾出现过几位属于最年轻一代的作家，他们就像闪烁着光辉的几颗明星，惹人注目。其中最耀眼的一颗也许就是大江健三郎。1957年正在求学中的大江给《东京大学新闻》投稿的小说《奇妙的工作》，因风格新颖，入选为获奖作品。这部小说，由于著名评论家平野谦在《每日新闻》的《文艺时评》专栏上撰文赞扬，引起了文坛的注意和重视。翌年——1958年大江更以小说《饲育》获得芥川文学奖，从此登上日本文坛，声名鹊起。

　　我最早与大江健三郎见面，是在1960年6月。那一年，日本全国掀起了反对岸信介内阁修改日美安全条约的群众斗争。迅速蔓延至日本列岛的这一群众运动，此起彼伏，声势浩大，一浪高过一浪。就在这一斗争的高潮中，日中文化交流协会派出以野间宏为首的日本作家代表团访问了中国。作为后起之秀参团来华的，有大江健三郎和开高健。陈毅副总理在中南海会见全团时，我担任了翻译。这是我第一次见到大江。

　　我记忆中的大江健三郎戴着一副黑框眼镜，他给我的印象好像是一位大学生。我知道他生于1935年，曾在东京大学法文系读书。如上所述，他在大学学习时就开始了文学创作活动。他早期的作品就已接触到日本的社会矛盾，具有一定的积极倾向。在《饲育》之后，他连续写了几部长篇小说。大江在进行创作的同时，对于日美安全条约、原子弹氢弹以及要求美国归还冲绳等日本当时面临的政治、社会等热点问题，也颇为关心。他还经常就这些问题发表一些文章。像许多人一样，我第一次接触他的文字时有一种感觉：风格特异，遣词别致。

1978 年 12 月，党的十一届三中全会召开，中国的出版事业跟其他事业一样出现了转机和生机。

1981 年 9 月 15 日上午，我正在外文出版局办公，意外地接到人民文学出版社文洁若同志打来的电话。她说："你先前翻译的大江健三郎的小说《突然变哑》现已出版，收录在外国文学出版社刚刚出版的《日本当代小说选》里。《小说选》分上、下两册，我马上给你寄去。"

放下电话，我感到有些茫然。许多年前我翻译大江健三郎小说之事，早已在我脑海中淡漠了。经她这一提醒，我忽然想起大约在 20 年前——确切的日期已不记得——可能是 1962 年或 1963 年，我确实曾应约翻译过大江健三郎的短篇小说《突然变哑》。记得，那时我住在外文出版局院内西侧筒子楼宿舍二层一间不大的屋子。每天下班回家后，躲在那间小屋里，利用业余时间进行翻译。当然，星期天也不休息，争取尽快译出。稿子译好后，第一时间寄给了出版社。那时，出书的周期很长，因此，没有期望会很快出书。后来从 1964 年秋天起，我去东京做常驻记者。时间一久，也就不再去想这件事了。就这样，过了两三年，刮起了"文化大革命"的狂飙，人们的价值观来了一个大翻个儿，像此类外国小说自然包括在被横扫之列。不用说，我那篇译稿的命运是可想而知的了。

我收到出版社寄来的《日本当代小说选》上、下两册，心想前后经历了近 20 年的漫长岁月，终于使大江健三郎的小说与其他日本作家的作品一道在中国面世，这真是不容易啊！但不管怎样，它能与中国读者见面，终究是一件好事，令人感到兴奋。

《突然变哑》是大江健三郎1958年的作品。这篇小说，我读原文后丝毫没有佶屈聱牙的感觉，反而感到文字流畅、好懂。而且，这篇小说是以反对美军占领日本为题材的，我感到这在当时确实难能可贵。

在战后初期，大江健三郎通过他的作品竟然敢于直接抨击美国对日本实行军事占领，而且刻画了一个依仗美国占领军的势力，狐假虎威骑在本国人民头上作威作福的日本翻译官的丑恶嘴脸，并且最后以群众团结起来处死这个翻译官作为小说的结局。应当说小说的主题触及的是一个十分敏感的问题，在当时是需要一点勇气的。后来，我听一位日本读者发表感想说，作者大江通过这样一个曲折的故事，是想说明"日本人民讨厌事事都唯美国是从。那部作品的主题十分明确和突出：日本不能一味追随美国，应当独立自主"。

不消说，当时翻译这部小说时，出版社和我本人都没有事前跟作者打招呼。如今，中国已加入伯尔尼版权条约，因此翻译外国作品时均按国际惯例，要事前征得原作者的许可，并要支付一定报酬。但在20世纪50—60年代，中国翻译外国作品，极少与原作者打招呼。自然，那次我受出版社之托翻译《突然变哑》的事，大江本人是完全不知情的。记得1984年11月，王兆国同志在钓鱼台国宾馆宴请日中文化交流协会派出的以著名作家井上靖先生为首的代表团。大江健三郎是这个代表团的成员。宴会时，他的席位被安排在我的右首。席间，我们谈起了他的小说《突然变哑》。我向他诚挚地致歉，表示未经作者许可就进行了翻译，实在是不好意思。大江不仅没有介意，反而说，他先前访问美国时曾看到《突然变哑》的中文译本，使他兴奋不已，云云。我告诉他，此事我全然不知晓，而且那个版本是否就是我翻译的，也很难说。尽管如此，大江还是像"他乡遇故知"似的，满心欢喜。那一天，在同桌陪客的日本驻华使馆政务参赞阿南惟茂先生（后出任大使），对《突然变哑》有中文译本这一点，也表示了极大的兴趣。

10 年后的 1994 年，大江健三郎获得了诺贝尔文学奖，12 月 7 日在斯德哥尔摩瑞典皇家文学院领奖时发表了那篇著名的题为《あいまいな日本の私（暧昧的日本之我）》的讲演。这一题目，显然是有意摹拟川端康成 1968 年在同一讲台演讲的题目《美しい日本の私（美丽的日本之我）》，而且"反其意而用之"，把"美丽"改为"暧昧"，委婉地对川端康成的讲演内容提出了异议。

大江健三郎在讲演中说："第一个站在这里的日语作家川端康成，曾在此发表过题为《美丽的日本之我》的讲演。这一讲演极为美丽，同时也极为暧昧（vague）。……川端或许有意地选择那种'暧昧性'，这一点，在他讲演的标题中预先就给人们做了提示。川端的意图，通过日语的'美しい日本の'中的'の'这个助词所发挥的功能，体现了出来。""我们可以认为，这个标题首先意味着'我'从属于'美丽的日本'，同时也可以理解为他在提示：把'我'与'美丽的日本'置于同等的位置。""通过这一标题，川端表现了独特的神秘主义。"大江举例指出，川端在演说中引用了中世纪禅僧的和歌来阐述自己的理念，但那禅僧的和歌"主张通过语言是不可能表现真理的，因为语言是封闭的"。一句话，暧昧的语言，使人们不知所云。川端的讲演要求人们只能"放弃自我，参与到封闭的语言中去，非此不能理解或产生共鸣"。

然而，大江健三郎的讲演却与川端康成截然不同，他冷静地回顾和思索严酷的历史，产生了深刻的危机意识。他把目光转向真实的历史和现实，以毫不暧昧的语言指出，"暧昧的进程，使日本在亚洲扮演了侵略者的角色"，"日本不仅在政治方面，而且在社会和文化方面，越发处于孤立的境地"。他清楚地意识到自己是生活在"现在这样时代的人，作为被这样的历史打上痛苦烙印的人来回顾往事"，是无法和川端康成一同喊出"美丽的日本之我"的。

大江还认为，因为自己"现在生活在并非由于文学和哲学的原因，而是由于电子工业或汽车生产技术的原因被世界认知其力量的"日本文明之中，"而且，在不很遥远的过去，（日本）那种破坏性的狂信，曾践踏过国内和周边国家人民的理智。我，作为一个拥有这样历史的国家的公民"，认为只能去谈论与川端的"暧昧"（vague）不同的那种"暧昧（anbiguous）的日本之我"。大江还语重心长地强调指出：自从日本在上次大战中战败以后，"日本和日本人在极其悲惨和痛苦的境况中又重新出发了。支撑着日本人走向新生的，是民主主义和放弃战争的誓言，这也是新生日本人的根本的道德观念"。大江进一步指出："日本为了重新出发而制定的宪法，其核心就是发誓放弃战争，这是很有必要的。作为走向新生的道德观念，日本人痛定思痛，选择了放弃战争的原则。"这就是大江健三郎对川端演说的解读和他所持的与川端康成不同的鲜明立场。

说到"暧昧"，大江在讲演中还指出："据我观察，持续了长达120年的近代化过程的日本，如今，从根本上说已被撕裂成暧昧（ambiguous）的两极。""能把国家和人都撕裂开来的这种强大而又锐利的暧昧性（ambiguous）正以多种形式在日本和日本人身上表现出来。日本的近代化，被定性为一味地向西欧学习。然而，日本却位于亚洲，日本人同时还坚定地一直守护着传统文化。这种暧昧的（ambiguous）进程，使它本身在亚洲扮演了侵略者的角色。而本来应面向西欧全方位开放的日本现代文化，却并没有因此而得到西欧的理解，或者至少可以说，理解被滞后了，从而遗留下阴暗的一面。在亚洲，日本不仅在政治方面，在社会和文化方面，也陷于孤立的境地。"

大江健三郎的上面这些话，是积极的、正面的。我认为，尽管他的讲演题目是《暧昧的日本之我》，但至少在以下三点上态度极为鲜明：

（一）日本军国主义过去发动的侵略战争，曾给亚洲各国人民带来了深重的灾难，也给日本人民带来了莫大的痛苦。

（二）日本新宪法的核心是放弃战争，这对日本来说是必要的，应予以坚持。

（三）今后，日本应坚持和平，绝不应再走侵略道路。

我们注意到，大江把日本过去侵略亚洲的原因，归结为日本100多年来近代化的暧昧（ambiguous）进程，即一面向西欧学习，一面固守传统文化这一走向两个极端的暧昧（ambiguous）进程。当然，我们可以视为这是大江本人的一种看法。众所周知，日本军国主义发动那场侵略战争，无疑是有它深刻的政治、经济、社会和思想背景的。

说到这里，我感到难能可贵的是大江健三郎以他鲜明的态度阐述了上述正义主张。大江的这些思想贯穿在他一生的活动之中。这就是为什么在进入21世纪的今天，大江健三郎面对日本有人妄图修改"和平宪法"，特别是修改宪法中阐明放弃和否定战争手段的第九条，把日本逐步拖入战争深渊这一严峻形势，能以一个无畏的斗士的姿态，勇敢地站在保卫日本"和平宪法"特别是宪法第九条斗争的第一线，进行着不懈努力的原因。应当说，从当年反对修改日美安全条约到如今的保卫日本"和平宪法"，从争取亚洲和平到主张中日友好，大江健三郎的思想倾向与脉络，可以说一以贯之，矢志不渝，真是可敬、可佩！

然而，最令我感到敬佩的是大江基于自己的政治信念，曾拒绝接受日本政府要颁发给他的文化勋章。这表现了他的气节与骨气。文化勋章是由日本天皇向在文化科学领域中做出特殊贡献的人颁发的体现国家荣誉的最高奖。记得，那是在 1994 年 10 月大江健三郎继川端康成之后被宣布获得诺贝尔文学奖时，日本政府慌了手脚，连夜开会决定要把文化勋章授予他。岂料大江不仅不为所动，反而在报上撰文，明确表示拒绝接受。此举在日本历史上极为罕见。由此可见大江思想的一贯性和他的硬骨头精神。

写到这里，再回过头来说说我自己。在我同大江健三郎的接触中一直感到愧疚的是：虽然我与大江相识半个多世纪，但与他谋面的机会却极少极少。想来，1961 年春在东京举行亚非作家紧急会议时，我作为随团的一名译员在会上曾与他见过几次。后来，我在日本做常驻记者虽然长达 15 年之久，但其间恰好赶上"文化大革命"，很多工作不能正常开展，当然，主动会见作家之类的活动，在那种严酷的条件下，也只能"免谈"了。

尽管如此，大江健三郎却十分重感情、重友谊，他一直记着我这个当年的小小翻译人员。2006 年春，我用日文写了一本书——《日本语与中国语》，从文化比较的角度谈论日语与汉语的异同和趣闻逸事。出版单位——讲谈社的编辑要我恳求大江健三郎写几句"推荐语"，以便印在腰封上。我鼓足勇气给大江写了一封长信，请求他能满足出版社的这一要求。说老实话，信发出后，我一直悬着一颗心，不知他能否答应这一非分的请求。有一天，我忽然接到讲谈社责任编辑的信，说大江寄来了"推荐语"。我喜出望外，简直不敢相信这是真的。腰封上的"推荐语"是这样写的：

大江健三郎氏推荐！

刘德有先生是我年轻时就认识的一位中国出色的知识人。

从古典到现代，围绕着日中两种语言所展开的论述，引人入胜。

基于他在政治活动的现场积累的经验，书中提出了切实的建言。

对他，我由衷地表示敬爱。

"推荐语"中充满了溢美之词，令我汗颜，我深感受之有愧。

就在这一年的 9 月，大江健三郎应邀来北京讲演。为了当面向他表示撰写"推荐语"的谢意，我专程到讲演会场——长富宫饭店，并把老妻事前画的一幅国画装裱好，作为礼物带去。在休息室——芙蓉间等了片刻，大江便匆匆地走了进来，他热情地与我握手，并说收到了我给他写的感谢信。落座后，大江说："你写的那本《日本语与中国语》很受读者欢迎，博得一致好评。"他又说："我本人对新词语很感兴趣。我从你那本书看到中国的词语和语法的一些变化，因此我建议你再写一本续集，谈谈自清朝以来，经过鲁迅的时代，一直到现代中国，中国语词语和语法的演变情况。"听了大江的一番话，我理解这是他对我的鼓励，要我在研究中日文化语言比较方面继续努力。我对他的好意由衷地表示感谢。

会见时，我把赠送给他的礼物——画轴展开，上面画有两只小鸡在嬉戏。大江高兴地指着画中的小鸡说："我有两个小孙子，家中的气氛就像这幅画中的小鸡一样。"这时，我感到仿佛他那两个活泼天真可爱的小孙子出现在他眼前。他眯缝着双眼，沉浸在幸福之中。顿时，一种感觉油然而生："当年风华正茂的青年作家，如今已是一位慈祥的老爷爷了!"

一周后,我惊喜地收到大江托人带来的"封笔"大作——《别了我的书》的中文译本(许文龙译)。打开扉页,上面用钢笔工整地写着:

刘德有先生:

我期待着先生出版一部新的研究中国语的既能引人入胜,又具学术性的续篇。我怀着多年来对您的敬爱,并为刘夫人的绘画感到喜悦。

二〇〇六年秋 北京 大江健三郎(印)

短短几句话,充满了对中国普通人的美好感情和对我的殷切期望。

从扉页上书写的那几句亲切寄语,我发现大江健三郎对印章情有独钟。听说他来中国访问时,每每随身携带几方图章。这次在扉页寄语的落款上他盖的是一枚方形小章,上面只刻了一个篆字——"健"。

井上靖与小说《楼兰》

我书房里，珍藏着井上靖先生本人亲笔签名的小说《楼兰》。不是一本，而是两本，扉页上都有井上先生的签名。为什么是两本呢？因为它们是日本讲谈社先后出版的两种不同版本。

前一本是井上靖先生完稿后立即问世的1959年版，后一本是1960年8月的再版本。后者收录了作者的"后记"，里面记叙了井上靖先生对楼兰的憧憬和热爱：

> 《楼兰》是昭和33年（1958）发表的三万六千字左右的短篇小说。我还写了几篇中国古代历史题材的作品，但《楼兰》与这些作品在意趣上多少有些不同，本来是想写成散文诗，却把它拉长，写成了小说。
>
> 在这次付梓出版本书之际，我重读手稿，意识到支持我写作此部作品的，正是年轻时对楼兰这座遥远古代城邦的诗情。因此，它的立意完全不同于后来我写的一批历史小说，然而，我认为这有它本身存在的价值。这，是我的楼兰，是让我青年时魂牵梦萦、文思泉涌难以停笔的我的楼兰。

我收藏第一本《楼兰》时，还很年轻，住在工作单位——对日的月刊《人民中国》编辑部提供的单身宿舍里。结婚后搬离了单身宿舍，在几次迁居的过程中，我也想不起究竟是在何时，不经意间遗失了这本宝贵的小说。此后"文化大革命"的暴风骤雨袭来，我因畏惧当时的社会气氛，逐渐把手头的日语书籍都烧掉了，其中有好几本是舍不得的爱书。风暴过后，我时常回想起那些化作青烟的书籍，深深懊悔自己"焚书"的愚蠢。

后来，1991年春节，我去给居住在友谊宾馆的中国外文出版发行事业局的日籍专家横川辰子拜年，没想到她交给我一本旧书。我仔细一看竟是《楼兰》，那封面正是我曾经见过的模样。

"我以前也有过……"我边说边翻开封面，扉页上赫然写着井上靖的签名和我的名字。

横川女士说这本书是她整理物品时发现的："以前在《人民中国》工作的美编池田寿美女士回国后，整理家中藏书，将一部分书籍送到了西园寺公一先生和我那里，从那时起我就一直保管着这本书。大概是已过世的池田亮一（寿美女士的丈夫，曾在《人民中国》任改稿专家）先生从您那里借来后忘记归还了。"

听了横川女士的介绍，我也觉得很可能就是这么一回事。这本书能够保存到现在，真是万幸。

这件事也让我联想起1986年4月井上靖先生受中国政府文化部邀请来华访问的旧事。胡耀邦总书记会见井上靖先生时，作为文化部副部长的我陪同在座。会见中，井上靖先生跟胡耀邦总书记表明了想去楼兰的强烈愿望，胡耀邦总书记当即给文化部下了妥善处理相关事宜的指示。但位于大沙漠中的楼兰遗址，气候变幻莫测，难以确定直升机的降落地点，而且万一碰到沙尘暴，还会有安全风险，出于这些原因，相关部门无论如何也不同意安排井上靖先生前往楼兰，最终这一愿望只能留待日后实现了。

对于井上靖先生来说，再没有比这更遗憾的事了。

关于这一段经过，井上靖先生的女儿浦城几世女士写的回忆录《父亲井上靖与我》中曾经提过。我在阅读此书时，注意到了其中一段文字。

（昭和61年，即1986年4月，父亲井上靖）因为他创作的数本与中国历史有关的小说和对日中文化交流的贡献，受获北京大学名誉博士称号。颁发仪式在北京大学宽敞的阶梯教室内举行，学校教授及数百名相关人士出席……

仪式结束后的第三天，胡耀邦总书记在中南海会见父亲。他对父亲说："我听说您特别想去楼兰，不如就趁这趟来中国赶紧去吧。明天就出发。"这句话实在太出人意料了。

父亲听后既惊喜又踌躇。后来，我们坐车回下榻的北京饭店，一路上，他都心神不宁，到达酒店以后，更是想把一切事务都放下，直接去楼兰，他渴望的心情清楚地写在了脸上。可是即便有总书记的发话，这个安排也实在太过突然了，周围的工作人员和中方的负责人一时间都十分慌乱。而且楼兰又是自1934年的斯文赫定探险队后，50多年来从未曾有外国人涉足的地方，前往那里的难度非常大。所以最后父亲只好放弃了去楼兰的想法。楼兰是他多年来盼望想去的地方，如果当时能不顾旁人的阻止，任性一把去一次楼兰就好了，现在想起那时的往事，总觉得非常遗憾。

由于笔者恰好出席了井上靖先生和胡耀邦总书记的那次会面，所以读到这一段文字时，感到她的记忆与实际情况有出入，她对中方后来的安排做了好意的解释和理解，但对于当事者的我来说，却思绪万千，颇有感触，五味杂陈，甚为遗憾。

如今残留于西域一带的楼兰遗址，是古代楼兰国的都城，丝绸之路的要塞，繁盛于2世纪前后，在4世纪左右时突然神秘消失，直到7世纪这里都曾是一片绿洲。

我知道，前往楼兰遗址是井上靖先生的夙愿。浦城几世女士在回忆录中也写道："（父亲）在昭和33年（1958年）创作了短篇小说《楼兰》。他有一个多年的梦想，那就是'去楼兰，亲身踏上那片土地，仰首望天。然后为小说《楼兰》添写上最后一行文字'。"

是的，我曾不止一次地听井上靖先生亲自说起过这样一番话："前往楼兰是我最大的愿望。从直升机下来，哪怕只在那里站一小会儿都可以。这样，我就可以在小说《楼兰》的结尾，写下'现在我所站立的地方，正是楼兰古国'这句话了。写下这句，我的小说才算完结，不然它始终都是一部未完的作品。"

我与井上靖（1907—1991）先生相识较早。20世纪60年代，我在日本做常驻记者时就知道他曾做过大阪每日新闻社记者，后来他成为日本当代文学巨匠，早在1936年，他的长篇处女作《流转》便获千叶龟雄文学奖，1950年《斗牛》获芥川龙之介奖，1958年《天平之甍》获日本艺术选奖，1960年《敦煌》《楼兰》同获每日艺术奖。1976年获得日本文化勋章。1989年，完成了被誉为"历史小说明珠"的《孔子》。

由于井上靖先生曾任过日中文化交流协会会长，我们见面的机会多了起来。未承想，1984年成立中日友好21世纪委员会时，我被推荐为中方委员，井上先生则是日方委员，我们同在一个"友好青年组"，开会时总在一起。他给我的强烈印象是对中国由衷地热爱、友好，会上遇到反华的错误言论时，能仗义执言，又不失风度。

《楼兰》这部小说，充满了浪漫的想象及对中国西域的憧憬和梦想。井上靖先生用朴实无华的文字、不事雕琢的语言讲述了神秘楼兰古国的变迁。这部小说的故事梗概是：从前，西域有个小国，叫楼兰。楼兰的罗布泊，是楼兰人的神，是楼兰全部子民的生息之本。由于长期夹在匈奴与大汉王朝的争夺之中，弱小的楼兰不得已做出迁离罗布泊的决定。没有了罗布泊，楼兰和楼兰人将会走向何方？……是的，楼兰国终于被滚滚黄沙湮没，消失在历史长河中，直到后世探险家的发现，才让楼兰古国再一次出现在世人的视野中。在看《楼兰》这部历史小说时，我仿佛看到了作者伏案查阅资料的身影。或许我们如今看到的这些文字是作者无数日夜查阅相关文献与史料的结果。在井上靖的笔下，楼兰的过去有条不紊地被勾勒出来，它是那么真实，又是那么神秘，留给后世无穷无尽的想象。

的确，前往楼兰是井上靖先生的梦想。现在故人已经驾鹤西去。但这个梦想，作为人类不懈追寻文明的梦想，将永恒流传。

野间宏与小说《残像》

我的书柜中，摆放着日本著名作家野间宏的巨作《青年之环》，共5册，它是1985年夏作家在日本赠送给我的珍贵纪念品。而我第一次见到野间宏先生，却是在1960年夏天。

我清楚地记得那是1960年的6月6日，陈毅副总理在北京会见以野间宏为团长的日本文学家代表团。

这个代表团是在日本人民掀起反对日美安全条约的斗争高潮中，应邀来访的。当时我被临时调出来做口译。

虽然此事距今已过去60多年了，但给我留下的印象极为深刻。

大约是在1983年的夏天，经日本文学研究家李芒同志推荐，我为当时长春出版的《日本文学》杂志翻译了野间宏的小说《残像》。这篇小说的译文刊登在1984年第3期《日本文学》的"野间宏特辑"上。由于我过去与野间宏先生有过接触，所以我多么想找一个机会能与他再一次见面。

未料想，这个机会很快就来到了。那是1985年的夏天，我随王震同志率领的中日友好协会代表团访问了日本。7月25日下午，野间宏先生派他的好友、"造型中心"社长藤山纯一先生来到我下榻的东京品川区的新高轮饭店，用车把我接到阔别 24 年的野间宏先生的家。

按约定的时间，我们来到东京文京区小石川 13 号 3 门。面前的这座二层楼房，是一栋极为普通的日本民房。中国读者熟悉的著名作家野间宏先生就住在这里。

藤山先生按了门铃后，一位身着绿上衣、蓝色裙子的老妇人开门把我们请了进去。她就是野间夫人——光子女士。我们刚一进门，就看见野间宏先生边打领带边从书房匆匆走出来，热情地欢迎我们。出现在我们眼前的野间宏先生还像过去那样，戴一副黑框眼镜，朴讷而又可亲。他的头发也像过去一样不上发蜡，蓬散着，只是比以前花白了许多。这一天，他穿了一身浅褐色带小花纹的半袖衬衫。略呈红色的格纹领带，与他那件衬衫显得很协调。

主人把我们让进了书房。我顿时想起，24 年前的 1961 年春天我曾来过这间书房。那时正在东京举行亚非作家紧急会议。参加这次会议的中国代表团副团长刘白羽专程访问了这位日本作家。我作为翻译人员也随同前往。记得当时野间宏先生指着这间只有六铺席大的书房不无歉意地对刘白羽说："我只能在这样一个简陋的地方欢迎您。"陪同我们的日中文化交流协会事务局局长白土吾夫先生马上接过话，说："不过，这块小天地是日本的'解放区'啊！"一句话，说得大家都乐了。从那以后，24 个春秋过去了，这间书房也发生了巨变，准确地说它变得更小了。因为大量的书籍和资料把这间本来就不大的房间完全占领了。不仅是四周的书架，就连榻榻米（草垫）上也杂乱地堆满了各种书籍和资料，简直没有插足之地。屋子中间剩下的那块地方只有一对单人沙发，而它们的周围也摆满了书籍。有人形容这间屋子是"书城"。我看，确实如此。

我们坐定后，野间宏先生告诉我，每年夏天他都要到长野县松本附近的"别墅"（不是豪宅，是普通民房）去住一些日子。因为十几年前他患过一场大病，为了增强体力他才这样做的。他说，在"别墅"住时，还常常到外面去散步，与当地农民交朋友，并从他们那里学习很多农业知识。野间先生告诉我，他今年为了在东京接待我，所以推迟了去长野的时间。我听了，一方面感激野间先生的好意，另一方面感到很过意不去，因为我的访问，打乱了他的生活计划。

我向野间宏先生道歉，并回忆说，1960 年夏天先生率领日本文学家代表团访问中国时，陈毅副总理在北京会见代表团全体人员，是我担任的翻译。野间先生听了很高兴，他说他还清楚地记得当时的情景。

说到这里，野间宏先生从书架上取下一本中国出版的《日本文学》杂志。那便是 1984 年第 3 期的"野间宏特辑"。这期杂志收录了他的 4 篇作品和 3 篇评论。其中一篇小说，便是我翻译的《残像》。

《残像》写的是二战后期在高中相识的一对恋人——泽木茂明和藤枝美佐子分手 10 年后，在东京新桥一家市场发生火灾的现场再次相遇的事。昔日的情人藤枝美佐子和泽木分手的原因，是女方的父母替女儿定亲，把她嫁给陆军大学的一个学生。岁月的流逝使他们俩都发生了变化——从容貌到心态。藤枝的丈夫 5 年前在侵华战场上死去。如今她在一家化妆品商店帮忙。泽木也在第二次世界大战期间应召当了兵，在战争结束前因病复员回到日本，但由于他供职的军需公司解散，便失了业，后来又找到一个以考生为对象的函授教学工作。泽木如今已成为单身汉，因为他的妻子在战争期间因流产而死去。泽木和藤枝相互倾诉了自己的不幸经历。相似的遭遇，使他们彼此产生了同情心。一个星期后，他们再次相见。藤枝邀请泽木到她的公寓小坐。泽木生怕因此而招来麻烦，但还是不由自主地答应了她的要求。她向他表示歉意，因为藤枝总觉得是她葬送了他的前途。这时，忽然停电，屋子里顿时变得漆黑。昔日的一对情侣，在黑暗中长时间默默地相对而坐。在黑暗中，他忽然看见火光在隐约闪烁，而后又消失……火灾的烈焰重新燃起，而又熄灭……火焰在他的人生道路上纵横奔驰，照亮了他的过去，又蓦地熄灭，蓦地……

《残像》这篇小说揭示的是战争在人们的心灵上造成的创伤，在人与人的关系上投下的阴影，以及在战后的社会生活中产生的深远影响。

野间宏先生说："我写《残像》的动机是想把和平与战争重叠起来加以表现。我们眼前的生活虽然是和平的，但我认为总是伴随着战争的阴影。"他说，"关于这篇小说的题目，我曾想了许多，如《虚像》等。但最后还是决定用《残像》。我觉得唯有《残像》最能表现这篇小说的思想。中文的翻译，也用了《残像》，我认为很好。"野间先生还鼓励我说："我对照原文看了中文译文，觉得译文很清新。"他还告诉我：他为此已给《日本文学》编辑部写了一封短信，本来想写一封长信，但还没有动笔。

说罢，野间宏先生拿来一套岩波文库版的 5 卷本《青年之环》，并在扉页写上：

刘德有先生惠存
怀着对翻译《残像》的深切感谢之情
一九八五年七月二十五日于东京
野间宏

我感谢野间宏先生的赠书和他的深情厚谊。我知道，《青年之环》是野间宏先生的一部长达 320 万字的巨著。他从 1947 年开始创作，到 1970 年前后历时 23 年才完稿。中间虽有几次辍笔，但他终于写完了这部巨著。可以说，这是他多年心血的结晶。《青年之环》通过两个日本人的命运，再现了德意日法西斯横行肆虐的那个年代，展示了当年日本动荡不安的社会生活和愤懑迷惘的民众情绪，揭示了在军国主义统治下各种矛盾的不断激化。评论家说，这部巨著把动荡的政治风云、革命者艰苦卓绝的斗争，各阶层迥异的生活状况，不同人生哲学的对立，汇成一个有机的整体，编织成一幅形象生动、错落有致的多彩的画图。这部长篇小说在概括生活的深度和广度上，可以说是野间宏其他作品所不及的。

我们谈话时，光子夫人和藤山先生也一直陪同在座。野间夫人不仅热情地照拂我们，而且还拿着一架小照相机不时地为我们拍照。

我们的话题转向了文化艺术。野间宏先生说，中国很重视文化艺术，但是现在日本只重视科学技术，而不重视文化。日本报纸的文化专栏越来越少。日本流行"轻薄短小"，引导人们去看没有分量和没有内容的东西。我发现野间先生说这番话时，从眼镜片后面射出的目光是认真而严肃的。

谈了一个多小时，野间先生穿好西装上衣，提议要同夫人和藤山先生一道，陪我到户外走一走。

我们朝植物园的方向慢慢走去。不一会儿，来到了共同印刷株式会社的大门口。野间宏先生告诉我，这一带就是当年德永直写《没有太阳的街》的舞台。不消说，小说中的大同印刷厂的原型，就是现在的共同印刷株式会社。据说，共同印刷株式会社附近仍有许多小承包厂。想到当年这里的印刷工人曾开展过如火如荼、惊心动魄的罢工斗争，我不由心潮起伏，久久难以平静。野间先生大概猜到了我的心思，提议大家在共同印刷株式会社门前合影留念。

我们继续边走边谈，谈到了野间宏先生的名著《真空地带》。这部1952年问世的长篇小说，标志着野间宏文学创作上的一个高峰。作品通过日本法西斯军队的士兵木谷利一郎受人诬陷而被关进监狱的遭遇，揭露了日本军队内部的黑暗、残酷、等级的无比森严，军官们的相互倾轧，军事法庭的昏聩和陆军监狱的野蛮。这部小说使读者了解到日本军国主义者是怎样通过欺骗和高压手段把士兵变成侵略战争的工具的，而士兵们又是怎样抵制这种缺乏人性的军队生活的。野间宏在这部作品中，还塑造了一位具有反战思想的士兵的形象——知识分子出身的曾田一等兵。不消说，这部作品就是以作者的亲身体验为基础写成的。

野间宏先生边回忆边对我说："昭和16年（1941）我应征到了菲律宾。后来由于得了疟疾，住进了陆军医院。当时我看到一份英文报纸上登有讽刺希特勒和墨索里尼的漫画，就剪了下来。不料，在回国的船上宪兵来搜查，被查出。不过，当时并未被处罚。"他停顿了一下，又说："后来又过了一段时间，由于一个大学时代的同学把我出卖了，所以我作为思想犯被当局逮捕。军事法庭判了我5年有期徒刑，缓期4年执行。我被拘留后才知道，在拘留所里，每次洗澡只允许洗1分钟。"

我向野间宏先生请教，先生的这段经历对于写作《真空地带》是否起了很大的作用。他说："是的。《真空地带》的部分内容是根据我谈的前者的体验写的。小说中监狱那一段描写，则是根据后者的体验。直到二战结束以前，我一直在关西的一家军需工厂里做工，不过那是被监督劳动。"

不知不觉间，我们来到植物园前。野间夫人说，这一带到了春天，樱花开得很烂漫。很多人不去上野，就到此地来赏樱。由于光子夫人要去购物，我们便在这里与夫人分手。然后，野间先生、藤山先生和我一起乘车来到东京池袋一家日本饭馆"三春驹"用餐。"三春"是日本福岛县的一个小地名。"驹"则是一种乡土玩具——小马。这个店，与其说是饭馆，不如说是一家典型的日本小酒馆。店内的格局，一侧是京都老式的柜台，另一侧则高出地面一尺多，铺有地板，人们可以坐在坐垫（日语称"座蒲团"）上饮酒、吃菜。这家小酒馆的特点是出售各地生产的清酒和各种肉串。我看到店内墙上挂了许多牌子，上面写着二三十种清酒的名字。在一个柜子上还引人注目地放了几只小马玩具。野间宏先生作为主人为我们点了几种食品：肉串、生鱼片、鸡蛋羹和荞麦面条。在野间先生的提议下，我们还品尝了爱媛县的清酒——梅锦。野间先生说他非常喜欢这个地方，曾邀请日本文学翻译家李芒先生来过这家酒馆。我觉得，这里富有日本民间特点，店内的氛围能使异国的客人感受到"真正是来到了日本"。

餐后，我们要分手了，但野间宏先生和藤山先生执意要亲自把我送回下榻的新高轮饭店。"恭敬不如从命"，我只好听从主人的安排。不想，野间宏先生到饭店后，又来我房间谈了一个小时。从下午 5 时到晚上 10 时，总共 5 个小时！我实在是感到惶恐，但我觉得这半天我过得既愉快又充实。

分手时，我们相约下次在北京再见。

我知道，野间宏先生对中国的感情一直是真挚而友好的。"文化大革命"期间，野间宏先生跟中国的来往一度陷于中断。尽管从 20 世纪 60 年代中叶到 70 年代后期，我做新闻记者常驻东京，而且曾经有几年就住在野间先生家附近的公寓里，也未能去拜访他。我心中一直感到不安。等到这一切都成为过去以后，野间宏先生于 1982 年高兴地应中国作家协会的邀请，率日本作家代表团访问了中国。这次访问历时两周，所到之处，都受到中国作家和日本文学研究者诚挚的欢迎。他说，在中国"与已阔别20多年的老友——居于中国文学界、文化界领导地位的理论家、作家周扬先生，以及巴金先生、刘白羽先生、丁玲女士、谢冰心女士重逢，得以同他们亲切话旧，畅叙友情，我甚感欣慰"。

我1985年夏访日归来后不久，曾收到野间宏先生的一封信，使我深受感动。他在信中写道："不管世上发生什么事情，我对中国的感情和想法是不会改变的，而且也从来没有变过。""我希望能进一步加深日中友好，使它发展到摄取整个中国文化的地步。"

野间宏先生就是基于这一信念和想法，做了三件事。

第一件事是为了纪念鲁迅逝世50周年，野间宏先生亲自推动日本有关方面在1986年8、9月在东京和仙台两地举办了裘沙和王伟君夫妇的绘画展《鲁迅的世界》。他为这次展览会的成功而感到高兴。他说他在展览会上发现，"无论是熟悉鲁迅作品的人，或者几乎不了解鲁迅作品的年轻人，都产生了要重新认识和学习鲁迅文学的强烈愿望"。野间宏先生还为这一年8月由岩波书店出版的裘沙画集《鲁迅的世界》一书撰写了长篇论文《鲁迅的文学精神》，赞扬鲁迅是一位伟大的作家，是伟大的罕见的文学家，他包容了自己的全部心灵。

第二件事是推动日本文学界和翻译界在日本出版《中国现代文学选集》。1985年夏我在野间宏先生家做客时，他就向我说过，他要组织一个班子，包括日本的一些作家、译者和出版者，从事这项工作。他说，这样做的目的，就是要在日本翻译出版中国优秀的文学作品。野间先生强调说，译文的质量很重要，如果译文不好，读者就会误认为原作不好，因此，第一次问世的译文一定要高质量。否则，以后即使再去推荐那个作家的作品，也会无人问津。他说："我有一个庞大的计划，先搞一个7卷本的，然后再去搞20卷本的一套书，不仅包括小说，还可以发展到包括戏剧作品在内。"在野间先生的推动下，这个计划已经付诸实施。野间先生在一次给我的信中表达了他要完成这一计划的决心，并说："我们要使译文达到高水平，要使日本的文学爱好者和评论家、作家都能够接受。要做到这一点，就要使译文能传达中文原文的神韵、美和节奏感。"

第三件事是在日本集资修建一座介绍中国美术作品的"现代中国美术馆"。野间先生团结了日本著名画家加山又造、评论家针生一郎等人士，并组织了筹委会。为了使中国方面也能理解他们这一活动的宗旨，野间宏先生亲自率团于 1987 年 3、4 月间和 1988 年 12 月到中国访问，与中国美术界进行了广泛的接触。野间先生这两次到中国来，我都有机会在北京我供职的文化部会见了他。

谁料想，1991 年初噩耗传来——1 月 2 日晚 10 时 38 分，野间宏先生离开了人间。实际上，他在前一年的 4 月，就因身体不适，一度住进东京港区的慈惠医科大学附属医院，接受过放射治疗。他患的是癌症。后来由于恢复了健康，出了院。但到了 12 月底，野间先生感到体力不支，情况突变，又住进了医院。据说，野间先生在弥留之际，藤山先生去探视，握住他的左手说："野间先生，您在发展日中关系上考虑的那些事，我一定竭尽全力去做。"野间先生听罢，用力握了握藤山先生的手。当时在场的针生一郎先生握住野间先生的右手，说："野间先生，现代美术馆的事，还有《中国现代文学选集》的事，我们一定全力以赴地去办，请您放心吧。"野间先生凝视了针生先生两三秒钟，然后深深地点了两次头，静静地闭上了眼睛。一个小时后，在光子夫人和他哥哥的守护下，野间先生的心脏停止了跳动。

我接到野间宏先生逝世的消息，立即给他的夫人发去了唁电。而后又给藤山纯一先生写了一封长信。我的信是这样写的：

您在信中详细地介绍了野间先生与疾病做斗争和他逝世的情况，那封信，我是流着眼泪读完的。我在读这封信的过程中，泪水几次模糊了我的眼睛，以至于看不清字迹。我们痛惜失掉了野间宏先生，我衷心地表示哀悼。请您向野间先生的夫人和他的亲属转致我的亲切慰问，并请他们务必节哀，多多保重。

野间先生作为一位卓越的文学家为战后日本文学的发展留下了巨大的足迹，不仅如此，他为中日友好和中日文化及文学交流也做出了巨大贡献。特别是先生在晚年为了建设现代中国美术馆和向日本读者介绍中国现代文学，倾注了很大的热情。我想，即使说先生为此把他的一切都贡献了出来，也是不为过的。我相信，他之所以要这样做，是因为他有一个坚定的信念：中日两国人民的友好和相互了解，对中日两国关系的未来和亚洲的和平有利。野间先生是中国人民的好朋友。中国人民对于能有这样一位好朋友而感到自豪。

为了实现野间先生毕生奋斗的未竟事业，我们应当携起手来做不懈的努力。我认为只有这样，才是慰藉野间先生在天之灵的最好途径。

前几年，我访问了野间先生的家，当时被引进 1961 年我曾经访问过的那间书房，真是感慨万端。在那一间堆满了书籍的令人怀念的书房里，与先生和夫人进行了交谈。先生对我翻译的《残像》，讲了许多鼓励的话。然后我跟藤山先生一道在"三春驹"受到先生的款待。这一切都已经成为难忘的回忆。就在那一次访问时，野间先生赠送给我的具有纪念碑意义的巨著《青年之环》，如今陈放在我的书柜里。我边深情地望着它，边缅怀着野间宏先生……

《京都古刹》与水上勉

从外面进来的一位中等个儿、七十开外的男士，头上没有打发蜡，两只眼睛炯炯有神，闪烁着智慧的、但略带忧郁的目光。我一眼就认出，他就是水上勉先生。他给我的第一印象，跟照片一模一样。

这位日本战后兴起的著名作家，我并不熟悉。

我年轻时，因为工作关系，曾接触过不少日本作家。例如，1961年春我作为译员，随以巴金、刘白羽为首的中国作家代表团前往东京出席亚非作家紧急会议时，集中地接触了很多日本著名作家，但那时没有见过水上勉先生。20世纪60年代到70年代，我在日本做常驻记者的十几年间也未曾与他晤面。

1994年4月，水上勉先生应中国人民对外友好协会的邀请，率日中文化交流协会代表团访问了中国。当时我在文化部任副部长，主管对外文化交流。4月18日晚，文化部安排由我出面在国际饭店设宴招待全团。席上，我第一次见到水上勉先生。宾主不乏话题，气氛活跃，令人开心。也许由于代表团成员中有一位俳优座剧团的著名女演员岩崎加根子的缘故，我们自然地谈到戏剧界，并扯出对演员不能"捧杀"的话题来。

"日本有句话，叫'要捧杀演员，无须用刀，只需说几句赞扬的话'"。水上先生怕我们听不懂，说了两遍。水上先生说："在日本，就是这样！"可见，"捧杀"不仅中国有，日本也有，尤其在戏剧界。

我说："老子曾说过'美言不信'，楚图南先生把这句话写在一个饰盘上，烧制后送给中岛健藏先生。中岛先生把它一直放在客厅的柜子上方。"

席间，水上先生把事前准备好的一本他刚刚出版的散文集《京都古刹》（立风书房版）送给了我。这是一本装帧很考究的书。封面，用的是一幅泼墨画，尽管没有任何具体形象，反而给人以深邃莫测的感觉。随团来的佐藤纯子女士介绍说："我要特别告诉你们，这封套用的纸是水上勉先生亲自制作的，纸质很好，是属于'日本纸'系统的。"果然，扉页背面写着：水上勉"装画·自漉竹纸画"。这"自漉"，就是"自抄"的意思。水上勉先生亲自动手造纸，这不免使我感到惊讶。

我知道，水上勉先生小时因家境艰难，从9岁到18岁曾在京都的寺院当过小和尚。他半工半读，上了立命馆大学国语系，但不到一年，因无力交学费，便中途辍学。他当过木屐店店员、卖膏药的小贩、汽车工会的收款员、运输公司职员、小学代课教员、新闻记者、杂志编辑，还经商沿街卖过西装。总之，他在10年内先后换过三十几种职业。二战期间，他曾被征入伍当过兵。水上勉先生是战后开始搞创作的。他的处女小说集《平底锅的歌》1948年出版后，成了畅销书。后来，他一度失去了创作热情。1959年他创作的长篇社会派推理小说《雾与影》，受到社会的重视，使水上勉一跃成为深受读者欢迎的作家。当时，他已经40岁。他是一位多产作家，代表作有《海的牙齿》《雁寺》《饥饿海峡》《越前竹偶》《一休》等，曾获得过多项文学奖。但，我从未听说过他还会抄纸。

说到"抄纸"，我想起水上勉先生的一部剧作《闽江风土记》，写的就是关于抄纸的故事：中国明朝初期，福州闽江流域发生农民起义。起义军的领袖爱上的女子——蓼青是一位抄纸能手，她在沙县村庄的小屋前，每天都用竹子做原料不停地抄纸。原来，俞良甫、净庆等僧人躲在洞穴内正在刻五千余卷的藏经，准备运往日本，因此需要大量的纸张。

这部戏剧，水上先生这次来华前，从 3 月 28 日起到 4 月 10 日止，由俳优座剧团作为纪念创立 50 周年的活动，在东京六本木的俳优座剧场演出过。而同来的岩崎加根子女士便是这部剧的主角蓼青的扮演者。那一天，她当场送给我一份资料：剧情说明书、剧照和日本各大报纸的反应。

水上勉先生告诉我，他不仅自己会抄纸，还制造陶器。他说："几年前我患了严重的心脏病，差一点送了命。我已经为自己制作了一个装骨灰的称心的'骨壶——骨灰罐'。"水上先生竟然想到了死，想到了他的死后。这又使我吃了一惊。

水上先生当年在做小和尚时，曾在禅宗建立的学校——花园中学上过学。他在《京都古刹》一书的《后记》中写道：我"在禅寺度过了堪称重要的精神形成期的中学时代"。在宴会席间，他说，这一次他还准备到广东省新兴，去访问禅宗第六祖、唐高僧——慧能的遗迹。禅宗的六代祖师是：达摩、慧可、僧璨、道信、弘忍、慧能。慧能，俗姓卢，祖籍河北范阳，生于南海新兴。他起初弘法岭南，是禅宗的南宗开创者，其后蔚为"五家七宗"，影响深远。慧能主张"直澈心源，顿悟成佛"。水上先生在《京都古刹》中谈到"银阁寺"（又名"慈照寺"）时，引用了六祖慧能的《坛经》的一句话："东方人念佛求生于西方。西方人念佛求生于何国？"他说，这句话集中地表现了对净土的向往。

我拜读了《京都古刹》后感到，水上先生对于坚持走纯禅道路的一休和尚和大灯国师表现了无比崇敬，但他批判一些禅宗寺院的方丈在日本军国主义时代为其效劳的行为。他在这本书中写道："从昭和初年到十二三年，正值我在佛门时，（日本）这个国家发动了满洲事变，开始大规模地侵略中国大陆。（日本）陆军飞扬跋扈，禅宗的寺院也与国策携起了手。天龙寺的师父和我熟悉的方丈们，也都穿上军装，佩带刺刀，胸前挂上了简式的袈裟，作为'前线慰问僧'奔赴华中和华南战场。可以说，那是一个充满火药味的时代。""如果说我对京都的古刹有片面的寺院观，也许是因为我生长在那个时代的缘故。根据我所见和我所感受到的历史，没有比（某些）禅宗寺院更容易屈服于权势和金钱的了。"

水上勉先生确实是一位富有正义感的人，是一位是非分明的文学家，这就是我读了《京都古刹》得出的结论。

说到戏剧，还应谈到《文那啊，从树上下来吧!》。它是一部由水上勉的小说改编的话剧。更准确一点说，它既是一部童话剧，更是一部蕴含深刻人生哲理、久演不衰的名剧。

自从1978年4月青年座剧团在日本首演以来，28年间，在不同时期，随着社会情况的变化，四次改编剧本和更换导演，至今已演出了1100多场。其间，青年座还在中国、俄罗斯、美国、韩国演出，获得了好评。海外演出的开端，便是日中文化交流协会在1981年组织的第三次日本话剧团访华演出。时隔26年，《文那啊，从树上下来吧!》于2007年9月在南通和北京，又一次与广大中国观众见面。此次青年座剧团访华，不仅参加了第9届亚洲艺术节活动，而且为纪念中日邦交正常化35周年和中日文化·体育交流年增添了光彩。

我最初接触此剧的剧名时，说实在的，不知"文那"是何意。后来才知道，"文那"是剧中的"主人公"——一只富于幻想和冒险精神的小青蛙的名字。原来，小说的原名便是《青蛙啊，从树上下来吧!》。在改编剧本时，才更名为《文那啊，从树上下来吧!》。

故事发生在一座寺院附近的池沼里。春天来了，万物苏醒。青蛙们结束了冬眠，开始了新的生活。有一只名叫文那的小青蛙，向往广阔的天空，一心想要爬上那高高的米槠树。文那为了摆脱危机四伏的大地，寻找未知的神秘世界——和平的天堂，不顾其他青蛙的阻拦，终于爬上了米槠树的顶端。那里有被雷公打断树枝后形成的一个大洞，里面的积土长满了美丽的花草。文那以为那里是它梦寐以求的乐园，但很快就发现那里竟是老鹰临时存放食物的地方，也是被老鹰捕获来的遍体鳞伤的麻雀、伯劳鸟、蛇、老鼠、牛蛙等为了"死里逃生"而进行"生死搏斗"的残酷战场。老鹰先把受伤的麻雀和伯劳鸟运来。麻雀为了不被吃掉，极力向伯劳鸟献媚，告诉它文那藏在哪里。但是，老鹰还是先把伯劳鸟吃掉；接着又运来了奄奄一息的老鼠。麻雀虽然也学伯劳鸟那样喊着"我不想死"，但仍然被老鹰叼走。后来，老鹰又从远处叼来了头部被它抓伤的一条蛇。蛇盯上那只半死不活的老鼠。魂不附体的老鼠哀求道："别吃我，你去吃小青蛙文那吧!"这期间，被老鹰捕获来的牛蛙，本可以吃掉蛇和老鼠，却没有吃，它知道自己到头来必死无疑，索性在雨中从树上跳下去。而一直躲在洞里的小青蛙——文那听到和目睹了这里所发生的一切。文那触摸到小动物贪生怕死，"嫁祸于人"，"极端自私的肮脏心灵，更看到弱肉强食"的恐怖世界，懂得了"弱肉强食"是自然界永恒的规律。文那感到在这个"弱肉强食"的自然界里，青蛙的天敌们也在拼命地活着，而自己显得多么的渺小。老鼠知道老鹰是不吃死食的，便在临死前对文那说："为了你的生存，我去死。我死后，你可以吃我身上长出的羽虫。"小青蛙含着热泪去吃老鼠身上的羽虫，从而获得了新生。这使文那懂得了死与生本是连在一起的，不是别的，正是"他人"的生命使自己延续了生命，同时，懂得了大地才是天堂。冬天过去，春天来临，便又回到伙伴们等待的大地上，并一道唱出"生命的颂歌"。

这部话剧，写的虽是青蛙、麻雀、伯劳鸟、斑鸠、牛蛙等小动物的遭遇，但揭露了人间社会弱肉强食的本质，它既含有丰富的哲理，又寓意深刻。作者要告诉观众的是：伯劳鸟、老鼠和蛇把青蛙视为弱者，但它们在老鹰面前，跟青蛙一样也变成了弱者。于是，作者在剧中让小动物们喊出："难道'弱'就是罪过吗?"

这是一部形式新颖的戏剧。舞台装置，朴实无华。整个舞台上，中间只有一个大圆盘，象征着那棵被雷击的米槠树，动物们的"生死搏斗"，自始至终都在那上面展开。尽管演员们没有扮成动物的形象，服装也不华丽，剧情的发展要靠演员们的大段大段台词，这就增加了这部戏的难度。但观众通过明快的音乐、多姿的造型、肢体动作和流畅的节奏，仿佛看到一个立体地展现在眼前的动物世界。中国观众在欣赏过程中不时发出笑声和掌声表明，青年座剧团的演员们的精彩表演和出色、细致的导演，使这部话剧的演出获得了成功。

通过欣赏这部话剧，我更加走进了原作者水上勉的心灵。这部戏的主调之所以定为同情弱者，是与作者的出身分不开的。水上勉1919年出生于福井县西部的一个寒村。如上所述，他小时艰难的家境，以及后来被迫无奈的社会底层生活，使他深知社会底层百姓的痛苦。与水上勉同乡的青年座代表水谷内助义先生告诉我，此剧现在演出的版本是水上勉生前亲自改编的，因此与以往的几个版本不同，被赋予了新的生命，最忠实地反映了原作的思想和精神实质。水谷内先生还说，这部戏的原创小说写于20世纪70年代初，那时的日本凭借经济实力在世界各地到处兜售日本商品，因而被一些国家称为"经济动物"。这就是当时的国际背景。水上勉对此有所触动，便写了这部不朽的作品。

《文那啊，从树上下来吧!》的公演，给我们以启示：通过文化交流不仅要增进一般意义上的相互了解，而且更要重视从文化的范畴，从哲学、价值观、心理学、社会学等层面进行深入探索和挖掘。我们不仅要注意了解彼此的外部行为，更要分析深藏于其行为中的思考方法，即文化根源。只有这样，才能真正地达到相互理解的目的。

栗原小卷的中国情

提起栗原小卷的芳名，可以说遐迩著闻，有口皆碑。

栗原小卷（Kurihara – Komaki），是日本当代一位名震天下的表演艺术家，她既活跃在影视界，又演话剧。在日本，栗原小卷有很多"铁粉"。日本人把这些"铁粉"亲切地称为"Komakist"（小卷主义者）。依我看，"Komakist"，不仅日本有，在中国也大有人在。

我第一次见栗原小卷女士，是在日本。20世纪60—70年代我在东京做新华社常驻记者。记得在1975年6月，新华社社长朱穆之率领新闻代表团访日时，我随同前往，在东京电视台（TBS）的摄影棚里见过栗原女士。当时，她正在拍摄一部电视剧。我虽然在日本常驻了15年，但从未单独采访过她。应该说，作为常驻记者，算是失职吧。

栗原小卷女士主演的影片，有的我是在国内看的，但更多的是在日本工作期间欣赏的。我在日本观看的有《忍川》《生死恋》《莫斯科之恋》《战争与人》《八甲田山》等。在国内看的有《望乡》、《望乡之星》（中日合作电视片）。而栗原女士主演的中国影片《清凉寺钟声》，我是在国内看的。

我清楚地记得在纪念中日邦交正常化30周年的2002年4月14日下午，在北京电影资料馆举办了栗原小卷影展开幕式。那天，北京漫天黄沙，但恶劣的天气并没有阻挡喜爱和关心栗原小卷的众多影迷的兴致。栗原小卷的到场，令他们惊喜不已，人们争睹这位影坛巨星的风采，场面十分热烈。对外友协会长陈昊苏致开幕词，对栗原小卷的来访表示欢迎，他希望此次影展在中日邦交正常化30周年庆祝活动中发挥独特的巨大影响。我国电影、文化、外交、经济、艺术、教育、新闻和出版等各界的政府官员、专家以及首都广大观众近千人参加了开幕式。著名导演谢晋、影星濮存昕也从工作现场专程赶来。

在开幕式上我有幸观看了《清凉寺钟声》这部影片，使我心潮起伏，颇受感动。毫不夸张地说，我是流着泪看完的。

《清凉寺钟声》是上海电影制片厂出品、上海巨星影业公司摄制的故事影片，由谢晋执导，1991年首映。

故事的梗概是这样的：抗日战争胜利前夕，侵犯河南省韩家庄的日寇仓皇逃窜。在一片混乱中，随军护士大岛和子和刚出生几个月的儿子失散。

韩家庄有一位淳朴的羊角大娘，把这个被生母遗弃了的孤儿拾回家，抚养成人。后来，羊角大娘逐渐年老体衰，就把日本遗孤送到清凉寺，请方丈一韦法师收留，使其出家为僧，法号"明镜"。临别时将一条和服腰带留给孩子，告诉他这是他亲生母亲的物品，嘱他好好保存。

20年后，明镜法师（濮存昕饰演）随中国佛教代表团前往日本访问。法师的身世引起大岛和子的注意。一根丝腰带竟把失散30年的亲生骨肉联系在一起，终于使遗孤与亲生母亲相认。明镜穿上母亲为他准备的和服，平生第一次亲切地喊了一声"妈妈"。但明镜没有留在日本，而是返回了他所深爱的中国。离别的时刻来临，明镜重披袈裟，将腕珠留给母亲，嘱她保重身体，母子含泪而别。清凉寺的钟声再次响起，明镜回到了养育他的故乡，因为这里有更深的爱。

栗原在这部影片里，饰演的是被遗弃孤儿的生母。她说："作为日本演员，我感受到了我饰演这个角色的使命感。""我们是未经过战争的一代。但我们有责任了解真实的历史，并把这段历史告诉下一代，永远不要有战争。"

此片在中国国内引起极大轰动，正如谢晋导演在开幕式上所讲的那样，在中日邦交正常化30周年之际，选择此片作为开幕式电影，意义十分深刻。它表现了中国老百姓抚养日本战争遗孤的感人故事，片尾那扣人心弦的钟声久久地在观众心间缭绕，引起人们的共鸣和思索，许多观众感动得流下了眼泪。

在开幕式上，栗原女士也讲了话。她说，她认为电影可分为三类：一类是艺术片，一类是社会政治片，一类是商业性的娱乐片。她说她自己坚持演第一、第二类影片。由此可见，她是一位难能可贵的正直的艺术家。栗原女士还说，今后她要为中日两国永远和平与友好而努力。她的崇高思想，令人钦佩。

看了栗原小卷主演的影片，我感到她首先是一位有强烈社会责任感和富有正义感的表演艺术家。她主演的电影有不少都涉及重大主题：揭露日本军国主义发动的那场侵略战争的残酷和罪行；控诉吃人的旧制度对妇女的残害，喊出了她们充满血泪的心声；传播人间的爱心和表达人们追求美好生活的愿望；歌颂中日友好；呼吁世界和平。栗原小卷女士还在《日中文化交流》杂志上撰文说："回顾20世纪，我感到，就像是历史的冰冷的风变成狂飙在全世界刮起似的。""能够医治残酷的伤痕和愈合深裂的伤口的，不是别的，而是人人心中温馨的爱。我片刻也没有忘记对日中两国老前辈的尊敬，是他们建立起今天中国和日本的牢固的信任。""我希望观众能够（通过我的电影）看到不同的时代、不同的社会状况和女性的生活，同时能够听到这些女性的心声。"我想，栗原女士的这些话语，是她自己对她主演的影片的最好诠释。

光阴荏苒，16 年后的 2018 年 8 月的一天，我突然接到中日友好协会打来的电话，说日中文化交流协会副会长栗原小卷一行要来北京访问，要我带着老伴到友协的"友谊馆"接待室会见他们。栗原小卷一行刚下飞机，就风尘仆仆，直接从机场来到友协。不消说，老朋友见面，格外亲切。由于友协事前未告诉我栗原率领的代表团这次访华的目的和组成人员的情况，因此落座后由日方先介绍团员。栗原小卷指着身旁一位戴眼镜的妇女说："这位是长谷川照子的女儿，长谷川晓子。"

"长谷川照子？就是那位反战斗士、国际主义战士、世界语者绿川英子吗？"

"是的，她就是我母亲。"长谷川晓子说。

"我们一行这次计划到佳木斯，为长谷川照子和她的丈夫刘仁凭吊扫墓。"听了栗原女士的这一介绍，我完全弄清了栗原一行这次访华的目的，而且不由得想起了栗原小卷曾主演过的一部电视剧《望乡之星》。

这里提到的长谷川照子，生于 1912 年，是日本山梨县大原村猿桥人，父亲是土木工程师。20 世纪 30 年代资本主义经济危机席卷日本，军国主义者加强思想控制。那时在奈良女子高等师范学校学习的长谷川照子，开始接触为人类谋解放的进步事业，并爱上了世界语，参加了以著名进步作家秋田雨雀领导的日本无产阶级世界语同盟的进步活动，进而参加左翼文化活动，组织女高师文化小组，参加奈良地方左翼工会、文化团体的活动。她把自己的名字改为绿川英子，世界语为 Verda Majo，意为"绿色的五月"。实际上，这是她后来经常使用的笔名。

1931 年九一八事变爆发，绿川英子强烈抗议日本的侵略行径。翌年秋，奈良地方警察以"具有危险思想"的罪名逮捕了她，但后来有条件地把她释放。就在女高师毕业前三个月，她被校方开除了学籍。出狱后，她到东京加入了"无产阶级世界语者同盟"，参加了世界语妇女组织克拉拉会、日本世界语文学研究会等活动。

1933 年，她与在东京高等师范文科院选学英语的中国留学生刘仁（刘砥方）相识。日本侵华战争爆发前夕，绿川英子和刘仁结合。婚后第二年，刘仁回到中国，绿川英子也随后来华，积极参加中国共产党领导的抗日爱国斗争。

1937 年 4 月，绿川英子来到上海世界语协会工作，编辑世界语刊物《中国在怒吼》。后来到重庆，经常为中国共产党的《新华日报》《解放日报》《群众》等报刊撰写文章。

同年 8 月，在上海，她经历了八一三事变，目睹日本侵略者给中国人民带来的深重灾难。她在一篇题为《爱与恨》的文章中这样写道：

> 我爱日本，因为那里是我的祖国，在那儿生活着我的父母、兄弟姐妹和亲戚朋友……对他们我有着无限亲切的怀念。我爱中国，因为它是我新的家乡，在我的周围有着许多善良和勤劳的同志。我憎恨，我竭尽全力憎恨正在屠杀中国人民的日本军阀。

抗日战争全面爆发后，绿川英子亲眼看到日本侵略者给中国人民带来的深重灾难。她怀着无比愤恨的心情，写下了《中国的胜利是全亚洲明天的关键》等文章，揭露日本法西斯的侵略罪行。她大声疾呼："我憎恨，我竭尽全力地憎恨在两国人民之间进行的那种屠杀。""我的心叫喊着：'为了两国人民，停止战争！'"她满怀悲愤地写道："日本人在空中投下了好多燃烧弹，又给地上的平民洒上了汽油，他们封锁了道路，用机枪扫射那些逃命的市民……这些士兵屠杀着中国人，而他们自己也是日本法西斯的牺牲品。"

日军占领上海后，刘仁夫妇只好离开上海，在一位世界语者的帮助下，从上海转移到广州。绿川英子曾一度被国民党特务怀疑为日本间谍，由广州被强行遣送到香港。当时是国共合作时期，直到1938年6月，在中国有影响的一些名人的积极帮助下，国民政府才准许她到武汉。一到武汉，绿川英子立即投身中国的抗日战争。在重庆国民政府军事委员会政治部第三厅的郭沫若推荐下，她进入了当时国民党中央宣传部国际宣传处对日宣传科，从事对日播音工作，以瓦解日军官兵士气。她那美妙动听的女中音，她那标准的日语，就像一把钢刀，刺向日军的咽喉，使日军惊恐万状，胆战心惊。

1938年10月25日，武汉沦陷。直到这时，日本警方才查明，那个在中国操着流畅日语对日广播的女播音员，真名是长谷川照子。11月1日，日本东京的一家报纸《都新闻》在头版显著位置，刊登了绿川英子的照片，污蔑她是"用流畅的日语，恶毒攻击祖国、做歪曲广播的娇声卖国贼和赤色败类"。日本军国主义分子还给她的父亲写恐吓信，要他们全家"引咎自裁"，给她家门口挂上了"卖国贼"的牌子。对此，绿川英子嗤之以鼻。面对日本军国主义分子的攻击，绿川英子英勇地表示："谁愿意叫我卖国贼，就让他去叫吧！我对此无所畏惧。"

同年12月，绿川英子经桂林等地来到战时陪都重庆，继续在电台从事对日播音工作。

两年后的1940年7月，日本著名反战活动家鹿地亘在重庆发起组织了"在华日人反战革命同盟"，总部就设在重庆，绿川英子被选举为总部的领导成员。

这一年的9月，由郭沫若任厅长的国民政府军事委员会政治部第三厅被国民政府撤销，重新设立以研究工作为主的文化工作委员会，仍请郭沫若担任主任。这时，绿川英子已经在广播电台工作了两年多时间，因为看不惯国民党的腐败与无能，便辞去了原来的对日播音工作，加入了文化工作委员会，表示愿与以郭沫若为首的进步文化人一起，专门从事对日宣传与敌情研究的文字搜集整理和编写工作，并负责文化工作委员会下属的世界语工作室，同时协助重庆世界语刊物《中国报道》做编辑工作。

1941 年 11 月 16 日，在重庆，文化工作委员会为郭沫若举办了一次盛大的祝寿活动，绿川英子怀着对郭沫若先生的无比崇敬，撰写了《暴风雨时代的诗人》一文，发表在《新华日报》上。集会当天，在会场上她热情地朗诵了这篇祝词。郭沫若听后十分兴奋和激动，当场提笔即兴为绿川英子题写了一首七言绝句相赠：

> 茫茫四野弥黯暗，
>
> 历历群星丽九天。
>
> 映雪终嫌光太远，
>
> 照书还喜一灯妍。

郭沫若在诗中把绿川英子比作寒夜中一颗闪亮的星，一盏明亮的灯，用自己的光芒照耀着身边的同志们，给绿川英子以高度的赞扬。

1945 年以后，绿川英子夫妇来到东北解放区，1946 年 2 月到达沈阳，同年冬抵达解放区哈尔滨，担任东北教育委员会委员。两年后，1947 年 1 月，东北行政委员会聘请他们为东北社会调查研究所研究员。

然而，就在这一年的 1 月 14 日，与中国人民同甘共苦的绿川英子由于人工流产手术感染，不幸在佳木斯逝世，年仅 35 岁。3 个月后，她的丈夫刘仁也因病逝世。佳木斯的党组织和人民群众，为了纪念这位英勇的国际主义战士，把绿川英子夫妇安葬在佳木斯烈士公墓里。墓碑上镌刻着："国际主义战士绿川英子暨刘仁同志合墓"。绿川英子夫妇战斗的一生永远镌刻在这块纪念碑上，也永远镌刻在中日两国人民的心上。

中日两国影视界早有合作拍摄影视片的愿望，20 世纪 70 年代末，他们以绿川英子为原型，把她奋斗一生的感人事迹，合作拍摄了影视片——《望乡之星》，并于 1980 年先后在日中两国放映。可以说，这是中日合拍影视作品之滥觞。特别是邓小平同志破例为这部电视剧题写了片名，引起了各方注意和重视。在这部影视片中饰演绿川英子的栗原小卷深情地说，邓小平题写片名是她接拍此片的全部意义。她说："我认为《望乡之星》的主题正是日中友好，不论是在创作过程中，还是作品完成之后，我心里装着的都是日中友好。长谷川照子是一位在战火中呼吁反战的勇敢女性。我通过阅读有关她的著作，扮演她，再次深刻感受到了战争的悲惨与和平的珍贵，这是这部作品给我的最大收获。我的愿望就是要把她热爱和平的思想，尽可能多地传授给下一代！回想，我在拍片时从机场开往重庆市区的途中，透过巴士车窗感受到扑面而来的清风，似乎也感受到上海轮船的汽笛声传入了我的耳鼓。有好几次这样的瞬间让我感觉自己和长谷川照子仿佛融为一体。于是我觉得自己已经完全入戏，变成了照子本人。"

栗原小卷出生于 1945 年，父亲是日本著名的儿童剧作家。她幼时曾学习过音乐和芭蕾舞。1963 年毕业于东京芭蕾舞学校，同年就读于俳优座剧团的演员培训所。谈起考入演员培训所的经历，栗原小卷说："考演员学校时，我本不想告诉父母，但是因为考学校报名要钱，还要交学费，我就悄悄地告诉了妈妈，但是没告诉爸爸。我们家书架上有很多戏剧方面的书，我就自己偷偷地学，然后去考试。我渐渐地喜欢上戏剧了。有很多专业演员也跟我在一个班学习，所以我必须拼命学习。那个时候我还不想放弃芭蕾舞，所以每天坚持练功，但兼顾两者，就有点力不从心了。而且在上演员学校期间，我接拍了一些电视剧，自己又开辟了一个新的港口，所以我就放弃了芭蕾。"栗原小卷在话剧舞台上也颇有建树，我亲自听她多次讲过，他的恩师是俳优座剧团的著名话剧演员、导演千田是也先生。

1986 年，栗原小卷来华演出了千田是也执导的话剧《四川好人》。中国观众第一次在影视作品之外领略了她的舞台魅力，而且给中国观众带来了巨大的艺术震撼。由于曾经有一段时间栗原小卷没有出现在银幕上，有人问她为什么会退出影坛？她说，我本来就是从戏剧舞台偶然走上银幕的，再从银幕回到舞台，很自然。其实自己首先是一个话剧演员。

《四川好人》是德国剧作家贝托尔特·布莱希特创作的寓言剧。布莱希特想通过《四川好人》揭示一个主题：要想改变人，就必须改变人生活于其中的现实社会，如不改变社会，就不可能改变人。不论贫困与富贵，同样可以产生出最坏的人，在这种社会里，好人是难以生存的。《四川好人》首次演出于 1943 年，当时法西斯头子希特勒正在肆虐欧洲。

栗原小卷演出《四川好人》时，我在文化部工作，主管对外文化交流，但很遗憾错过了欣赏栗原小卷演出《四川好人》的难得机会。然而，未承想观赏栗原小卷女士主演舞台剧的机会终于来了。那是2016 年 9 月 12 日晚，在北京菊隐剧场我有幸欣赏了栗原小卷女士主演的独角戏《松井须磨子》。说实在的，观后心灵受到了巨大震撼。栗原小卷说，她一直想来中国演出这部话剧，那一年恰逢日中文化交流协会成立 60 周年，终于实现了在北京演出的愿望。

松井须磨子的名字，在中国鲜为人知。这次演出，使中国观众有机会了解了这位曾经活跃于日本话剧黎明期的女演员，中国观众似乎触摸到了她的灵魂。松井须磨子既是一位成功人士，也是一位悲剧人物。但她为日本话剧这一艺术形式的开创和普及奋斗了一生。她所做出的贡献，是不可磨灭的。

舞台剧《松井须磨子》把松井须磨子主演的《玩偶之家》《复活》《故乡》等话剧的著名片段，与松井须磨子追求艺术，追求与评论家、导演岛村抱月的爱情与幸福，向往美好的人生，然而遭遇社会的不公正和冷遇，历尽沉浮，最后走向破灭的波澜起伏的一生重叠起来，呈现出当时的日本社会，以及处于那个时代背景中的松井须磨子的心理。这部戏集中地反映了 1904 年日俄战争爆发前后，"大正民主"（指 20 世纪 10—20 年代，在日本的政治、社会、文化等各领域产生的民本主义、自由主义的运动和思潮）风起云涌，也反映了在那个时代和社会背景下松井须磨子面对各种社会矛盾所产生的心理纠葛和种种苦闷与痛苦。

大幕拉开，栗原小卷深情地朗诵了一位日本女诗人与谢野晶子于 1904 年创作的长篇反战诗《你不要死》。生于明治时代的与谢野晶子，坚持通过艺术追求个性解放，主张确立自我人格。她在这首诗中抒发了她对被征入伍、在旅顺口服役的弟弟的爱，以及反对不义之战的心声。听着朗诵，我眼前仿佛浮现出不久前在东京等地出现的一幕幕令人内心激荡的画面：日本民众高举写着"要和平，反对战争"、反对当局解禁"集体自卫权"、反对"修改宪法第 9 条"等口号的标语牌在街上游行；带着孩子的母亲们振臂高呼"绝不把孩子再送上战场！"……

我们知道，日本的戏剧舞台从一开始一直是男人的天下，由男性演员占据舞台，为什么在 1910 年后，能诞生这样一位首次确立话剧女演员地位的出色女性？我认为，这与日俄战争后的战后现象——"大正民主"的兴盛及伴随其产生的社会氛围有着密不可分的关系。这正契合了当时松井须磨子出演的易卜生名剧《玩偶之家》中讴歌的女性解放、女性独立、女性觉醒、男女平等的新思想在日本的兴起。剧中，娜拉高呼："在为人妻、为人母之前，我首先是一个人。""要把'玩偶之家'变成'人之家'！"这些台词令我终生难忘。此外，当娜拉摔门离家时发出的"砰！"的一声巨响也令我记忆犹新。那一声响，宣告了与旧思想的诀别，也宣告了新思想的胜利。

挪威剧作家易卜生作于 1879 年的《玩偶之家》，依我看，揭示的不仅仅是妇女问题——妇女的解放、妇女的独立、妇女的觉悟以及男女平等的婚姻，更是人生问题。在日本，第一次演出《玩偶之家》（岛村抱月翻译并导演），是 1911 年。在中国，1908 年鲁迅曾介绍过易卜生，并对他的剧作做了精辟的分析。1914 年，春柳社第一次在上海演出《娜拉》，即《玩偶之家》。1918 年《新青年》杂志出版"易卜生专号"，刊登了剧本《玩偶之家》。

这里顺便说一下，松井须磨子生活的 20 世纪 10—20 年代，是亚洲和世界风起云涌的时代。1911 年中国发生了辛亥革命，1914 年第一次世界大战爆发，1917 年俄国发生十月革命，1918 年日本发生了"米骚动"，1919 年中国发生五四运动，1921 年中国共产党成立，1922 年日本共产党成立等，可以说大事连连。

我们再回到戏剧《松井须磨子》。终场前，剧中人有一大段独白，表达的正是处于社会最底层、被封建主义压迫和束缚着的日本妇女对长期以来遭受的歧视、不公和悲惨命运的血泪控诉。这种震撼人心的控诉，似乎是在向人们疾呼：要与社会的不合理制度，与封建思想的残余，与一切歧视女性的思想和行为勇敢斗争。

我认为，在当下演出《松井须磨子》这部话剧的积极意义和现实意义，就在于此。

《松井须磨子》，由于是栗原小卷女士的独角戏，一个人在台上演出了90分钟，实属不易。戏中有道白，有表演，有歌，有舞，栗原小卷女士的表演浑然一体，非常出色，令人赞叹。在剧中，栗原小卷女士唱了几首当时由松井须磨子唱红了的脍炙人口的歌曲，如《喀秋莎之歌》《流浪之歌》《泛舟之歌》。这些歌曲使我浮想联翩，也感到十分亲切。栗原小卷女士的成功离不开她对历史、社会的深入研究，以及对剧中人物的生平和思想的精准把握。此外，也离不开她在戏剧方面的丰厚底蕴、多年积累和长期修养。在剧中《玩偶之家》的选段里，栗原小卷将松井须磨子在等待角色分配时的期待和焦急，以及当得知自己获得娜拉这一角色时的欣喜若狂，都表现得淋漓尽致，使人感到十分真实。她的表演不瘟不火，恰到好处，丝毫没有哗众取宠之处，多一分则过，少一分不及，值得中国的戏剧演员虚心学习。

总之，栗原小卷女士主演的话剧《松井须磨子》，给我留下了美好的深刻印象。

栗原女士一向热爱和平，也很喜欢中国，她很珍惜自己与中国人民的友情，多年来为推进中日两国戏剧界、电影界的合作和中日文化交流事业的发展做出了不懈努力。

文化是润物细无声的。它总能静悄悄地渗入那些政治、经济所不能及的细微之处，通过艺术作品，通民心，润人心，也促使人们去思考未来如何巩固中日友好之根基，构建和谐美丽的亚洲和世界。从这个层面来讲，文化的作用是极其重要的。

观剧后，我借用栗原小卷女士的名字，作一首藏头诗，送给了她。

> 栗木多挺拔，
> 原为剧坛人。
> 小大由之笔，
> 卷帙绘风云。

这首藏头诗，将每行的首字连接起来，便是"栗原小卷"四个字。

栗原女士十分欣喜，很快地我收到了她的回信：

"感谢刘德有先生寄来的信和汉诗。我将一生珍惜"，"我永远记得中国文化艺术界的各位给予的温暖和我们之间长久不变的友情。在艺术的道路上，我将一步一个脚印，不断精进"。

山崎朋子与《望乡》

　　山崎朋子是日本一位著名的女性史研究家，也是一位出色的纪实文学作家。她的大名，我早有耳闻。长期以来她一直关注着近代日本底层女性的命运，以日本和亚洲为舞台进行了大量细致的采访和研究工作。

　　我与山崎女士相识，是1992年秋经日本一位老朋友——国际贸易促进会关西本部理事长木村一三先生的介绍。木村先生来信说山崎朋子女士因为写作要到北京去搜集素材。当时我已调到文化部任职，木村先生要我为她提供方便与协助。我与山崎女士在北京见了面，而且在北海公园共进了午餐。后来付梓问世的《朝阳门外的彩虹》一书，便是山崎女士根据这次采访撰写的。

　　我知道，山崎朋子曾经写过一本轰动日本国内外的名著——《山打根八号娼馆》，这部著作在日本被改编成电影《望乡》（栗原小卷、田中绢代主演），颇受欢迎。在中国各地也曾放映，引起巨大反响。

　　记得是1997年的春夏之交吧，有一天，我发现在办公室的案头上放着一封日本寄来的航空信。不知为什么这封信格外吸引了我注意。我反复地看了好几遍。寄信人不是别人，正是山崎朋子女士。信中说：

刘德有先生:

在东京,与木村一三先生合家聚餐时我们曾经会晤过,转眼已过数年,不知您是否还记得我?

我访问中国的夙愿,很快就要实现,我将于今年6月18日前往北京。我的书已被译成中文,将由中国一家出版社以系列形式出版。作为第一批,今年6月将出版两册——《山打根八号娼馆》和《山打根墓地》(中文版合为一册,名为《望乡》)。仅此一事,就使我感激不尽,然而据这家出版社说,为了能使读者和我联系在一起,还要举行首发式。

……

与此同时,日本文化座剧团将在北京、长春和大连等地巡回演出根据《山打根八号娼馆》改编的《望乡》。北京演两场,时间是6月21日和22日。届时我也随剧团同行,请您务必出席观看。

……

我衷心盼望在北京见面。

山崎朋子女士我怎能忘记呢?信中提到的那次在东京相聚,是1992年中日邦交正常化20周年时。那一年的11月,也正值郭沫若诞辰100周年。我随代表团到日本参加纪念活动,有一天晚上,木村一三先生和夫人及女儿真理小姐特意邀请我们到东京一家日本餐馆——"云海料亭"品尝日本料理。因为木村先生知道我认识山崎女士,便把她也请来,以便叙旧。

我清楚地记得我跟山崎女士当年在北京第一次见面时,曾提到过她的名著《山打根八号娼馆》。我说:"根据大作《山打根八号娼馆》改编的电影《望乡》前几年在中国上映,受到广大观众的热烈欢迎。我本人观看后，也很受感动。"我说："《望乡》使我了解了日本妇女在近代化过程中那段悲惨遭遇的历史，而我更佩服您大胆揭露和抨击了造成这一悲剧的社会制度。"山崎女士问我是否读过原作。我说："很遗憾，还没有。"她说："我今天带来了原作，请您务必读一读。"说罢，从包里取出一本日文版的《山打根八号娼馆》，并在扉页上签名送给我。

《山打根八号娼馆》，对于不少中国人来说，并不陌生。它描写的是第一次世界大战前后，一贫如洗的日本农村妇女被卖到南洋各地，其中包括北加里曼丹岛东部的山打根港，受到阶级和性的双重桎梏的压迫和虐待所过的非人生活。这些被称为"南洋姐"的日本妇女，在遭到残酷剥夺和肉体的摧残后，有不少人年纪轻轻的就葬身海外。即使后来返回了故土，也怕遭到歧视而隐瞒身世，过着永远抬不起头的生活。

山崎朋子为什么要去写这些"南洋姐"？她说："日本帝国主义在二战战败后，日本女性的政治和社会权利开始得到保障，从而有了日本的'女性史'，但是，我认为除少数者例外，写的都是有社会地位的尖子女性的历史。""这些女性，不过是露出海面的冰山的一角，而大于海面几十倍的巨大冰块——工农阶级的女性却下沉在海的深层。如果我们的历史书不去揭示这些生活在底层的女性的实际情况，不写出她们的悲和喜，就不能称为真正的女性史。"简单来说，就是过去有些写日本女性史的作者，都是写那些冒尖的和有社会地位的、赫赫有名的一些女性。那毕竟是极少数。更多的工农大众，受苦受难的女性是被压在社会的底层，而谁都不去写她们。二战前在日本被称为"南洋姐"的，就是属于这批女性，所以山崎朋子一定要写她们。

这就是为什么《山打根八号娼馆》的书名还冠了一个副题"下层女性史序章"的理由。所以在这一点上，应该说山崎朋子有开拓性的贡献。

山崎朋子认为，在近百年的日本历史中，成为资本和男性附属品的，是那些生活在社会底层的妇女，而她们当中处于最底层的，是被迫出卖肉体的妓女。其中最惨的，又是背井离乡的"南洋姐"。这些"南洋姐"虽然来自日本各地，但最多的是九州人。其中天草和岛原一带，由于农民极度贫困，无法糊口，无可奈何地把自己的女儿卖掉，让她们"出外谋生"，有的农村少女则被人贩子拐卖到海外，给抛进了"火坑"里。

于是，作为女性史研究家的山崎朋子下决心要实地调查"南洋姐"的实际情况。

她于1968年走访了曾经送走过5万（一说10万）名"南洋姐"的九州熊本县天草郡。但是，当地人一般不愿"家丑外扬"，都守口如瓶。在一个偶然的机会，山崎朋子在一家小吃店遇上一位"少女时代曾下过南洋"的老太太。她的名字叫山川崎，人们都管她叫阿崎婆。山崎朋子借口有事，便跟着阿崎婆到了她的住处，发现阿崎婆的家破旧不堪。山崎朋子一咬牙，进了阿崎婆的家门。阿崎婆要午睡，山崎朋子就跟她在那个肮脏的榻榻米上午睡、休息。这样，使原来还比较警惕的阿崎婆，慢慢也就放松了，并对山崎朋子产生了好感。

山崎朋子不敢说我是来采访当年的"南洋姐"的，一直隐瞒自己到天草来的真实目的。而阿崎婆也不向她多问。对于邻人，阿崎婆谎称这位从城里来的美貌的陌生女子，是在外地做工的二儿子的媳妇。山崎朋子也称呼阿崎婆为"妈妈"。然而，山崎这一次来天草采访，一直未能听到"南洋姐"的情况，只得空手返回东京。

两个月后，山崎朋子再次来到天草郡，决心在阿崎婆家住上一段时间。山崎朋子对阿崎婆说她这次来是因为分手后一直"想念妈妈"，然而，真实的目的是从阿崎婆口中打听到"南洋姐"的情况。山崎朋子佯作若无其事的样子跟阿崎婆聊天，然而话题一转到南洋，阿崎婆就把话岔开，有意回避。这使山崎朋子心急如焚。正当山崎朋子意气消沉、束手无策时，阿崎婆张开了原来紧闭的嘴，开始叙说自己下"南洋"的悲惨身世……山崎朋子得到的第一手材料，既不能录音，也不能在阿崎婆面前做记录，她只能记在脑子里，等阿崎婆不在屋时赶忙写下来，再寄给住在东京的丈夫，替她保存。

《山打根八号娼馆》写的虽然是过去的妓女，但它所涉及的却是一个极为严肃的主题。关于这一点，山崎跟我说过，她写好了这本书，拿到出版社，很多出版社都不给她出，说你要想出的话，你就得加上一些带有黄色的描写。山崎朋子说那我不干，我这是一个严肃的主题。你们这种纯粹从商业主义出发，写那样一些乌七八糟的事儿，我不写，也不出。后来有一家出版社答应了她的条件，于1972年出版。此书一出版，就成为畅销书，并获得了纪实文学作品奖。

山崎朋子在书中深刻地分析了日本产生"南洋姐"的政治和社会的原因。她写道，日本通过明治维新成为天皇制集权主义国家后，其最大目标，就是要赶超欧美等先进国家。为了进行资本的原始积累，对内残酷掠夺和剥削农民，使农民债台高筑，走投无路，被迫卖儿鬻女。那些被卖到海外的农村妇女，通过出卖肉体，捞取外汇。当时的日本政府在这些"南洋姐"中间，极力鼓吹什么赚了外汇，一可以"养活家乡父老"，二可以"发扬爱国心""为国捐献"，以增加日本对外侵略扩张的实力。山崎朋子指出，明治政府的对外政策，就是侵略，就是扩张。但是，当时的日本在政治上、军事上、经济上都还不强大。从这个意义上说，"南洋姐"实际上是先于军事和政治，在经济上"充当了日本向亚洲各国渗透的先锋"。一句话，"南洋姐"成为日本资本主义发展和它对外进行扩张的牺牲品。

下面再谈山崎朋子在信中提到的话剧《望乡》。话剧《望乡》是日本文化座剧团 1997 年 6 月来华演出的。演出由文化部系统的演出公司接待。由于中日两国的文化既有相同或相似的一面，也存在着很多差异，所以就有了下面这样一个小插曲："演出"二字，在日本的理解不同于中国。日本人把"演出"一词理解为"导演"。日本人称电影导演为"映画监督"，而把戏剧的导演称作"演出"或"演出者"。因此，日本人如果仅从字面上去理解演出公司，便会误以为这家公司聚集了一大批导演。实际上，中国演出公司跟"导演"无关，它是安排外国的剧团到中国来演出或者派中国剧团到国外去演出的机构。

山崎朋子到中国来，听说文化座剧团是由中国演出公司接待的，起初也产生了误解。后来，演出公司总经理告诉她，"我们公司没有导演"，并给她解释了"演出"在中国是什么意思。这样，她才恍然大悟，说："哦，原来如此。像这种公司在日本叫作'业会社'，就是'兴业公司'。"

话剧《望乡》，是由剧作家藤田朝也先生根据山崎朋子的原作改编的。1978 年 11 月，日本著名的文化座剧团把它搬上舞台，在日本引起了轰动。相隔 15 年后，1993 年这个剧团带着《望乡》再次到日本各地进行了巡回演出。1997 年 6 月话剧《望乡》在北京演出时，我观看了两次。我觉得演出非常成功。

文化座剧团成立于 1942 年，它以坚持演出反映日本下层社会的作品而受到观众的欢迎和戏剧界的重视。这次担任《望乡》的导演和在剧中扮演阿崎婆的演员，是这个剧团的前任团长铃木光枝。她擅长演中老年妇女尤其是"母亲"的形象，她一直是该剧团的核心人物，1981 年获日本政府文部省紫绶褒章，1991 年获四等勋章。在剧中扮演野崎芳子（山崎朋子的化身）的是铃木光枝的大女儿佐佐木爱。她同时还扮演少女和妓女时代的阿崎。70年代，我在日本做记者时就知道佐佐木爱跟她的母亲一道，都是经常在电视和电影中露面的名演员，多次获得过大奖。《望乡》的演出，使她获得了日本文化厅艺术节优秀奖。她是当时文化座剧团的团长。

《望乡》的作者山崎朋子，出生于1932年。她的父亲曾是旧日本海军军官（1940年与军舰一起失踪），但她作为家中的长女，很早就离家谋生，寄人篱下。战后，她只身到东京半工半读，完成高中学业。1952年于家乡的福井大学肄业后曾做过小学教员。年轻时，她曾有过一个梦想，想当一名模特或演员，但她不幸被人用刀在脸上划下了数十道可怕的伤痕。当时的医疗条件，使这些伤痕注定伴随她一生，从此她的梦想破灭了。她在遭受了那场可怕的灾难后，重新思考审视自己的事业和灵魂，她理解了"伤痕也是自己的一部分"，勇敢而坦然地面对别人异样的眼光，她站在受歧视女性的立场上走出了一条自己的路——从20世纪60年代开始从事女性史研究。

我觉得山崎朋子的治学态度，有一个突出的特点，就是非常重视实地调查，在可能的情况下，亲自采访当事人或目击者。试举一例。

20世纪80年代，她要采访1932年发生的一·二八事变，了解日本侵略军强行登陆上海，残杀中国老百姓的罪行，以便撰写以此为题材的报告文学。她到日本侵略军曾犯下罪行的上海一家纺织厂，找到一位当年在纺织厂劳动的女工。

山崎朋子在《望乡》一书的中文版序言中说，当年的年轻女工"现已垂垂老矣。她们对我的采访并不大积极配合。我的确是日本人的一员，但我是反对日本帝国主义的，我是为了批判日本军国主义想得到女工们的证词。尽管如此，当女工们知道我是日本人时，还是面无表情，只是出于礼貌适可而止地谈了当时的感受"。"可是有一天，当我的女翻译向那些女工介绍说'这位就是电影《望乡》的原作者'时，满座皆惊。此后我的采访便变得十分顺利了。通过这件事我得知在（20世纪）80年代的中国，日本电影《望乡》是有一定影响的。"山崎朋子继续写道：我写的书"内容并不轻松，描写的都是苦难的事件和令人悲伤的内容。……可是读者信手取来阅读之后，却说'止不住地流泪，但即便流泪也还是一口气读完了它'。他们又向自己的亲朋好友宣传。这样，这本书在短时间内又再版了好多次。第二年春天获得了大宅壮一报告文学奖。该书受到好评，成为畅销书"。"今年（1997年）距该书第一版发行的日子已有二十五年了。其间《山打根八号娼馆》与《山打根墓地》在日本国内还作为文库版（小型本）出版，不仅如此，由熊井启导演把它搬上了银幕，文化座剧团更把它改编成了话剧。影片《望乡》除在中国上映外，还在东南亚、美国上演，听说获得了广泛好评。文化座剧团的《望乡》这个剧目曾两度在日本国内上演，今年六月即将在中国演出。"不仅如此，由于读者喜爱，《山打根八号娼馆》除中文版外，20世纪80年代还被译成泰国语和韩语。英译本也付梓问世。特别是中文版的出版，使山崎朋子格外地高兴。她说："对于喜爱中国文化的我来说，出版中文版是一件大喜事，我心中十分愉快！"

山崎朋子从年轻时就富有正义感，憎恨和批判日本军国主义，并由衷地同情被压迫的底层妇女，正因为如此，她一直表现得非常坚强与豁达。我想，这也许就是成就她写出名著《望乡》的一个重要因素，并且通过她的有关著作、影片及话剧给人们带来深层的思考和启示的吧。

冯乃超二三事

冯乃超，是 20 世纪二三十年代曾活跃一时的后期创造社主力之一，也是小说家、诗人和翻译家。

20 世纪 50 年代初，我作为一个从东北来北京工作不久的青年，竟然能认识这样一位赫赫有名的革命活动家、教育家、作家、文艺评论家，说起来，有点不可思议。

那是 1952 年冬，我由大连调至北京，从事以日本读者为对象的《人民中国》杂志的翻译工作。三年后的 1955 年，被通知作为译员随同郭沫若率领的中国科学代表团访问日本。冯乃超出任副团长。出访前，有一天在北京饭店召开预备会议，会上，我第一次见到乃超同志。

乃超同志，对于我来说是位令人尊敬的长者，他出生于 1901 年，比我大 30 岁。他给我的印象，谦和、沉稳。虽然他是一位大作家、大学者，但从不炫耀自己，反而给人以内向的感觉。他是广东南海人，普通话里带一些广东口音，说起话来，慢条斯理，声音很轻。

我知道，乃超同志是一位出生于日本横滨的华侨，7 岁时入横滨华侨办的大同小学读书，在小学阶段翻阅家藏的中外小说和诗词，对文学产生了爱好。1918 年春入横滨志成中学，受老师影响，开始接触中国新文化运动。

记得 1979 年 10 月的一个下午,《人民中国》总编康大川同志要去乃超同志家约稿,建议我跟他一道去拜访,因为他知道我认识乃超同志。我早就听说康大川与乃超同志是老相识。因为在抗战国共合作期间,乃超同志曾接受周恩来、郭沫若的领导,在重庆国民政府军事委员会政治部第三厅工作过。当时,他任第三厅的中共特支书记,文化工作委员会科长。而康大川当时也在文化工作委员会工作,所以他与乃超同志很熟。

在三里河南沙沟宿舍一间充满阳光的会客室里,我们品着夫人刚泡好的绿茶,倾听乃超同志向我们娓娓道来的许多往事。有些事,我是第一次耳闻。

他说:"年轻时,我在日本赶上了 1923 年 9 月 1 日发生的关东大地震。当时我在名古屋的第八高等学校学习,因放暑假,回到横滨的家里。发生地震的确切时间,是差两分钟中午 12 点。地震一来,房屋几乎全部倒塌。我赶忙到海滨去避难,看到有一个刚生下的婴儿被遗弃在海滨。原来这个婴儿是我的侄子,是保姆扔掉后逃走的。孩子的母亲已在地震中死去。这时火势已蔓延到海滨,我只好抱着婴儿到海里。当时进到海里的人很多。"

乃超同志接着说:"那天没有发生海啸是个大幸。后来,来了船只,我们被搭救上来。我乘船到了神户,然后又回名古屋继续上学。侄子被送回了国内。"

乃超同志还向我们描述了地震后横滨的混乱情况。他说:"在横滨,日本的'在乡军人'杀朝鲜人。我自己也差一点被杀。我说我是中国人才得以幸免。当时,日本军部还杀了无政府主义者、初期社会主义者大杉荣夫妇(史称所谓'大逆事件'),企图镇压日本的左翼运动,但后来以此为契机,日本的左翼运动高涨了起来。记得那一年,日本人民还举行过示威。"

乃超同志在日本生活了 27 年，他从第八高等学校毕业后，在京都帝国大学学习了一年，由于对西田哲学不满足，便移到东京帝国大学学习美学。所谓"西田哲学"，是日本近代最著名的唯心主义哲学，创始人是西田几多郎（1870—1945）。西田哲学汲取了西方哲学的有关思想，引进了东方佛教中"无"之相关概念，通过"禅"的体验，试图实现东西相融、古今相融、唯心唯物相融，使东方哲学思想获得西方式的逻辑化，形成了自成一体的独特的"融创哲学"。"西田哲学"由于思想"艰深"，语言晦涩，所以一般日本学者都望而却步，日本以外的学者则更是望而生畏。

在访日的一次座谈会上，乃超同志做自我介绍时说："我在京都大学读书时，未弄懂西田哲学。到了东京大学，教授们在课堂上讲的什么，我也未搞懂。特别是伦理学的老师讲的就更不知所云，以至于现在连老师的名字也记不起来了。于是，我加入了社会文艺研究会受过藏原惟人（日共文艺理论家）的指导，后来，我从事文艺运动，搞启蒙宣传工作，现在在中山大学任职。说来，我这个人就像'万金油'似的，擦在哪里都可以，但不知是否管用？这次重访日本，人们说我是中国教育界代表，自己也吃了一惊。"

我们的话题转到那次访日。他问我你还记得不记得有一天晚上在京都访问他在日求学时的老房东的事。我说，很遗憾那一次我没有陪同您去。他听后有些怅然，但却兴致勃勃地谈起了事情的经过："当年我在京都学习。我的房东叫山本胜子。她和她母亲母女二人都是寡妇。她自己有两个孩子，一男一女。虽然相隔 30 多年，我再去拜访，山本胜子仍记得我是冯乃超。她从屋里搬出了我过去送给她的火盆。那火盆确实是我曾经送给她的，看了，很亲切。我 1930 年曾将这位房东的事写过一篇短文，登在上海的《大众文艺》上，那是陶晶孙约我写的。前一阵子，我想把这篇短文找出来，但始终未找到。"

　　说到这里，我想起了我们那次访日，日方有一位日中友好协会派来的接待人员，名叫岛田政雄，是一位撰稿人和评论家。他自始至终热心地关照我们。原来他年轻时就是一位在中国上海活动的日本进步文化人。1945 年日本投降，第二年从重庆转至上海的冯乃超、康大川作为中国共产党代表团对日工作的成员，对岛田那时所在的"日本人共产主义者小组"给予了很多支持与关照。这个小组办了一份日文报纸，叫《改造评论》，提出的口号是"为了进步、和平与民主"。据岛田回忆，那时，从重庆来上海的中国文化界人士络绎不绝，重庆的八路军办事处也紧随中共代表周恩来迁到了南京，而周恩来本人有时也来到上海。就在日本投降的前一年，由于岛田触犯了所谓"治安维持法"，被日本上海领事馆的警察从家中逮走，这使长期患病的岛田的老母亲受到强烈刺激，从此卧床不起，一度生命垂危。经家人再三恳求，岛田被拘留七个月后才以"保留处分"为条件，假释出狱，回家服侍老母。但，那年 6 月，老母终于不治病故。骨灰盒安放在家中，灵牌前，簇拥着鲜花，香烟缭绕。岛田万万没有想到，7 月初的一天，冯乃超和康大川前来吊唁。

　　"惊闻令堂大人病逝，特来吊慰。让我们在灵前供上一瓣香吧。"

　　二人焚香礼拜，并将装有奠仪的纸袋放在灵牌前。纸袋上写有"中共代表团"字样。

　　"哦，是中共代表团送的？"岛田惊愕地问。

　　"我们是奉中共代表周恩来的指示来吊唁的。正巧周恩来来到上海，我们把令堂病故的消息报告给他了。他批评我们说，'你们知不知道日本有送奠仪的习俗？……'这是中共代表团敬献的供物。"

"那太感谢了！"岛田一时难以言表他的感激之情。

我知道，乃超同志 20 世纪 20 年代末由日本留学回国后，跟郭老一道搞过创造社。记得访日时，郭沫若团长在一次座谈会上说过，冯乃超他们搞的后期创造社，在理论上要比前期更成熟些。

后期的创造社是由一些新从日本回国的思想激进的年轻人组成的，冯乃超是中坚分子。他们大力倡导无产阶级革命文学。1928 年初，郭沫若的《英雄树》、成仿吾的《从文学革命到革命文学》、冯乃超的《艺术与社会生活》等文章，要求文学适应革命形势的需要，面向工农大众，作家要获得无产阶级意识。冯乃超在《文化批判》创刊号上发表的两首诗《上海》和《与街头上人》，标志其诗风从低沉到革命的转变。同年 9 月，他加入了中国共产党。

冯乃超在 20 世纪 30—40 年代还翻译过一些日本的中短篇小说，如大正时期具有代表性的小说家芥川龙之介（1892—1927）的《某傻子的一生》（也译作《傻瓜的一生》）、《河童》，出版过《芥川龙之介集》（短篇小说集）。

芥川龙之介是日本近代文学的重镇级作家，他与夏目漱石、森鸥外三足鼎立，把日本近代文学推向了一个新的高潮。芥川出生于山口县，自幼聪颖过人，但性情孤僻。少年时代酷爱读日、汉文学书籍，尤其是汉诗，习作俳句，在中学时办过小刊物，显示了早熟的文学才华。他毕业于东京帝国大学英语系，在校期间就参与了"新思潮派"活动。他擅长写短篇小说，由于日本文豪夏目漱石的肯定与欣赏，使他登上了文坛。

本人年轻时对芥川龙之介的作品也很喜欢，曾读过他的小说《斗车》《蜘蛛丝》《杜子春》等。1952 年由地方来北京后，在旧书店买到一本原版的《芥川龙之介集》，还买了谢六逸翻译的《日本短篇小说集》，其中就收录了好几篇芥川龙之介的小说。像《罗生门》《鼻子》《南京的基督》《秋》等名篇。

芥川踏入文坛之时，日本正处在发生镇压进步势力的"大逆事件"，以及"大正民主"破灭前后，资本主义制度的缺陷日渐显露，阶级矛盾日趋激化，文坛上正是日本早期无产阶级文学和"民众艺术论"席卷日本文坛，自然主义盛极而衰，各种反自然主义文学蓬勃兴起的时期。在种种文艺思潮的冲击下，他以冷静的旁观者的眼光审视各种文学观，从而做出自己的选择。芥川选择历史小说的形式来实现自己的追求。他的作品，使读者感受到他对人性之恶的冷峻鄙视，对人生之悲的冷静旁观，他没有放手天真地赞叹至善至美的人情。

芥川一生共写了100多篇短篇小说。如上所述，他的作品以历史题材居多，初期的作品，主要是从《今昔物语》和《宇治拾遗物语》中取材，他作为一位短篇小说家广泛吸收了西方的文学养分，开辟了日本近代短篇小说多样化的可能性。芥川的作品立意新颖，结构精巧，并以细致入微地剖析人物内心世界以及冷静地观察生活为其特点。他在作品中宣扬通过艺术表现自我的整体性和个人主义。但他对充满非正义的冷酷的现实感到愤懑、痛苦、绝望，最后自己断送了年轻的生命。

关于芥川龙之介，有一件事给我留下深刻的印象：那是乃超同志仅有的一次向我谈起对这位日本作家的看法。1955年冬那次访日归来后，翌年1月，我们集中到北京饭店做总结。一次闲谈时，乃超同志向我说起芥川龙之介之死与日本无产阶级文学的兴起有关。这一看法，对于当时还年轻的我来说，感到很有新意。乃超同志说："关东大地震后，日本无产阶级文学作为新生事物出现在文坛。芥川龙之介一方面反对私小说和心境小说，坚持艺术主义的立场；另一方面对社会主义一度表示关心，自认为看到新文学的萌芽，因而对自己的艺术甚至产生了怀疑。但由于世界观所限，他找不到解决问题的力量，感到没有出路。他苦闷、孤独、彷徨，以至于最后绝望。"是的，在《河童》中，芥川就表现了这种没有出路的苦闷和孤独感。在《傻瓜的一生》中，他曾写道，他进一步感到自己"是已经卷了刃的细剑"。

1927 年 7 月 24 日，芥川龙之介服安眠药自杀。芥川龙之介之死，是"一个时代的转折点"，它给日本文坛、知识界乃至整个日本社会以巨大的震动。也可以说，芥川是时代的牺牲品。他不满社会对自己的重压，又无力抗争，最后幻想调和两者的矛盾来实现自己的人生。

芥川生命的完结，是时代不安的象征，也标志着日本近代文学的完结。

刘白羽与日本作家的交往

刘白羽这个名字,我最早听说,是在七八十年前。我知道他是一位著名的军旅作家,在解放战争和抗美援朝中他随军写的通讯报道,经常发表在报刊上。

然而,我最早见到白羽同志本人却是在 1961 年。那一年的 3 月,在东京要举行亚非作家紧急会议。中国要派出以巴金和刘白羽为首的中国作家代表团出席。当时,我是随团的一名译员。

代表团抵达东京,是 3 月下旬,樱花含苞待放。谁知翌日清晨醒来一看,一夜之间竟落了一场大雪,整个东京变成一片银白世界。这在早春季节的日本是难得一见的美景。

日本是这次大会的东道国。为了开好大会,日方成立了亚非作家紧急会议日本协议会,由著名作家石川达三担任委员长。不消说,协议会和事务局事前做了大量工作。据我所知,日中文化交流协会为这次会议投入了很大的精力。其他一些进步团体也给予了积极的配合。

会议的主题是反帝反殖,3 月 28 日正式开幕,30 日闭幕。

对于这次大会,日方非常重视。日本作家代表团的阵容很强大。团长石川达三,团员阿部知二、青野季吉、大江健三郎、大冈升平、冈仓古志郎、龟井胜一郎、开高健、木下顺二、草野心平、坂本德松、佐多稻子、佐藤重雄、白石凡、芹泽光治良、竹内好、竹内实、高见顺、中岛健藏、中野重治、野间宏、堀田善卫、松冈洋子、三宅艳子等。

开幕前一天，我随巴金和刘白羽等同志去看了一下会场。这次会议，日方安排在东京产经会馆的会议厅。对于这个大厅，我还有印象——1955 年春，第三次中日贸易协议就是在这里签署的。我担任过签字仪式的翻译。这次我们来看，一进大厅，感到由于日方的辛勤努力，已经"万事俱备"。正面墙上用绿、白两色绘制的巨型亚非地图，特别醒目。绿色表明参加国，白色则为非参加国。这时我们突然发现，中国大陆涂的是绿色，而把我国不可分割的领土台湾竟涂成白色。这是严重的政治性错误。中国参加这次会议，当然包括我国的台湾地区在内，中国的版图统统都应当涂成绿色。在大会正式开幕前发现这一问题很重要，否则开了会，摄影记者照下来，就无法挽回恶劣影响。

我们心中有数：日本协议会的朋友们对中国友好，决不会做出这样的事。显然这是极少数不愿意看到会议成功的人在暗地里搞的小动作，而台湾问题，直到今天在日本拖了一个很长的尾巴，仍有一些人在美国怂恿下口吐狂言，频频搞些见不得人的小动作。那一天，经白羽同志向日方事务局提出后，日本朋友一方面向我们道歉，说这是他们的疏忽；另一方面立即把台湾部分改为绿色，从而避免了一次政治事故。

写到这里，我想起在日本与白羽同志度过的难忘的日日夜夜。

大会开幕的前一天，会议代表、进步作家中野重治亲自到宾馆来，同刘白羽同志进行了长时间的亲切交谈。

中野重治（1902—1979），我们过去没有见过。他是福井县人，小说家、评论家、诗人。初次见面的印象是为人朴实、直率。据说，他高中时代就开始文学创作。1925 年和东京大学同学成立马克思主义研究会。翌年创办了同人杂志《驴马》，发表了《黎明前的告别》《歌》

《火车头》等诗作。他的前期诗作大多为抒情诗。参加无产阶级运动后，其诗多以诗人的感受描写生活在社会底层的普通民众的情感，以及人性的真实。其诗风与空洞的马列主义文学作品形成鲜明的对比，其作品在日本无产阶级文学诗坛上占有重要的地位，在评论中探索无产阶级文艺的方向问题。1928 年他当选为全日本无产者艺术联盟常任中央委员。此后陆续写出《老铁的故事》（1929）、《停车场》（1929）、《年轻人》（1929）、《波谷》（1930）和《开垦》（1931）等。

在日本工人运动高涨时期，中野发表作品揭露日本帝国主义的侵略暴行、抒发无产阶级国际主义感情，反映了日本工农群众的革命情绪。1928 年任全日本无产者艺术联盟常任委员，主编机关刊物《战旗》。同年发表揭露和抨击日本统治者制造的"三一五事件"的小说《早春的风》。翌年发表描写日本资本主义制度下农民的悲惨遭遇及其觉醒的小说《老铁的故事》。1931 年加入日本共产党，任日本无产阶级文化联盟中央协议员。

中野在艰难的生活和法西斯迫害下度过了战争年代。二战后重新加入日共，开始文学活动，参与了新日本文学会的创建工作。1945 年和藏原惟人、宫本百合子、德永直等人发起成立新日本文学会，任秘书长。1964 年因意见分歧被日共开除出党。1954 年完成自传体小说《五脏六腑》。1957—1958 年完成《梨花》。1969 年他的长篇小说《甲乙丙丁》出版，作品反映了党内斗争和生活情况。他还发表过一些文学评论。

白羽同志同中野重治的谈话，是从日本进步文学开始的。当谈到日共作家德永直的《没有太阳的街》时，中野说，书中描写的印刷工人的罢工斗争，发生在东京文京区的小石川。当时，那里街道肮脏，房屋矮小，破破烂烂，东倒西歪。但是现在变得漂亮了。如今的东京，跟日本文学作品所描写的东京，已经有了很大的不同。接着，中野谈了东京在那场战争中的遭遇。他说，由于战争，东京这一带全被炸了。从1945年3月到8月，轰炸得最厉害。但是那些钢筋水泥建造的生产兵器的大工厂，却没有被炸毁。而承包大工厂活儿的家庭小工厂，都被美军的燃烧弹给烧毁了。所以，战后生产兵器的大资本家留下了，而小手工业的工人们的财产却没有保障。在战争中，在什么时候死，究竟会死多少，谁也不知道。尽管现在的东京比过去建设得好了，但在这个"好"字中却包含着种种矛盾。

中野接着谈了战后的日本社会情况。他说："日本的社会生活受到美国的影响，在许多方面都美国化了，而且陷于混乱。举一个例子来说，你到街上散步，会看到处处都是用外语书写的招牌和广告。比如，这个'和平'牌的香烟……"，说着，他从口袋里掏出一盒香烟。那是10支装的烟盒，深蓝的底色，用英文挖白写着"Peace"。他说："不仅是写着英文，而且这个图案还是日本政府花1500万日元请美国人设计的。如果是让日本的美术家设计，只用十分之一的费用就够了，而且会设计得比这个更好。我相信，日本的美术家不比美国的美术家差。还有，有一种药品的名字用的是外国的名字。更滑稽的是连药品的说明书也是用英文写的。像我这样不懂英文的人买了药，不知吃几粒，也不知是饭前吃还是饭后吃。外国名字的广告，在报纸、广播、电视上大量出现。像我这样古板的人看了也不懂，听了也不明白。这样，就有被生活淘汰的危险。这种情况也反映在文学作品中。"

接着，中野不无感慨地说："生活方式也欧化了。有些人认为，只要是外国造的，什么都好。正是这些人跟日本的保守势力紧密地勾结在一起。表面上接受'新'事物的人，反而反对本质上新的事物。"

我深感，中野重治对当时日本的处境十分不满和忧虑。白羽同志说，"本质上新的事物，尽管一时不被人接受，但总是会被接受的"，并说亚非作家紧急会议明天即将开幕，"我们的新阶段就要开始了"。中野说："在新阶段，我们可能会遇到更大的困难。但是困难越大，我们就会变得越勇敢。"他那刚毅、严肃的表情，至今难忘。

亚非作家紧急会议本身开得很成功。这一成功，可以说超乎人们的预想。

在会上，日本代表团团长石川达三作为大会主席首先致开幕词。他指出，27 个亚非国家代表聚集一堂讨论共同关心的问题是有重要意义的。亚非各国摆脱了殖民统治，它们要求自由、民主和独立，这是政治问题，但也是思想和文化的运动，是亚非文艺的复兴。他说，20 亿人民奔向共同的目的，构成了巨大的洪流，美国不应也不能反对这个洪流。

日本代表中野重治做了长篇报告。他介绍日本作家参加日本人民反对日美安全条约斗争的情况后说，我们在这一运动中起了积极作用。在我们能起到这种作用之前，我们曾经历了长达 15 年的痛苦和不安。我们认为，其罪恶的根源之一，就是日美军事同盟。去年，当我们看到这种同盟更加穷凶极恶地被加以修改的时候，我们同人民一道起来反对。中野强调说，我们知道我们最重大的问题是如何取得各国的完全独立，不仅是亚非国家，而且包括拉丁美洲国家。不反对帝国主义、殖民主义及垄断资本主义，就不能取得完全的独立。他在报告中还着重地谈了日本人民的经验和日本文学的经验。他说："第一，没有民族独立的和平是假和平；没有独立，也就没有人民的民族文化。在帝国主义和殖民主义的统治下，不可能有对人的尊重。人的尊严，在那里遭到了蹂躏；思想、言论和创作的自由，在那里遭到了破坏。这实际上是对文学的基础的破坏。第二，这种独立必须是完全的独立。"中野强调说：

"我们感到，日本作家的活动，事实上就是亚非作家活动的一个组成部分。在反对日美安全条约的时候，我们深切地感到我们的斗争是全世界的，特别是亚非反帝反殖民主义的一个组成部分。由于各国人民给我们的斗争以鼓励，亚非各国组织了统一行动，这就使我们更加加强了对团结的认识。如果大家允许我从我们的角度来这样说的话，我想说这次大会就是亚非各国对我们支持的一种表现，也是我们走向未来的一个出发点。"据说，中野的报告是日本代表团经过讨论后写成的。

中国代表团在日本开展了积极活动，其特点之一，就是分头访问了许多日本作家，也接受了日本作家的访问。因为团内分工我担任白羽同志的翻译，所以凡是他见日本作家，我都在场。

记得，我们先去拜访的是石川达三。石川在他的家里接待了巴金和刘白羽。1937 年日本军国主义全面发动侵华战争后，石川达三作为中央公论社的特派记者到南京住了 40 天。他根据所见所闻，一气呵成写了报告文学《活着的士兵》。由于它揭露了日军的侵华暴行，出版时，大量的字句被删除，而代之以××。不仅如此，此书问世当天就被下令禁止出售。当然，石川当时还是一位青年作家，如今头上已经有了几丝白发。石川达三用很低的声音述说那本书是他当年流着眼泪写成的。他说，他知道发表了会吃官司，但他还是没有听别人的警告发表了。因为作为一个有良心的作家，不能不把自己耳闻目睹的真实情况，告诉给读者。他说："我的小说都是为了要把自己的想法告诉给读者的。我片刻也没有忘记对读者的责任。"白羽同志深情地说："中国人民都很敬重你。"严肃、刚毅，有正义感，这就是石川达三给我们留下的印象。

我们会见老作家芹泽光治良，也是在他的住处。这位小说家，中国人比较陌生。他年轻时爱好文学，20 世纪 20 年代曾赴法国巴黎大学学习，与一些作家、艺术家交往。1929 年回国后，任中央大学讲师。1930 年发表《资产者》，获《改造》杂志小说悬赏奖，从此进入文坛。1932 年辞去大学教职，专门从事创作。不久，成为"新兴艺术派"的重要成员。这一时期发表了《信徒》《公寓的房客》《风》《午睡中的丈夫》《桥的这边》等，显示出一种新颖的创作倾向。芹泽光治良是一位视野广阔的作家，他的作品多取材于早年故乡的见闻和留法期间以巴黎为中心的欧洲社会生活，具有丰富的知识性，又带有甜美抒情的法国风味，受到读者的喜爱。主要作品有《爱与死的书》《有生之日》《男子的生涯》《孤绝》等。

芹泽对刘白羽说，日本的文化界自明治维新以来，只憧憬和追赶欧洲的财富和先进文化，对于贫困的亚非邻人却不屑一顾。而且，日本民族从明治维新以后就没有尝过一次民族的不幸。因此，日本民族傲慢，不可一世，不能体会其他民族的心理。但是，通过这场不幸的战争和美国的占领，我们尝到了民族的痛苦与灾难。这样，我们才开始把自己的目光投向亚非邻人，才能就共同的课题进行讨论。如果说我们从痛苦和灾难中得到了什么，那就是日本民族体会到其他民族的心理，知道了光靠自己的力量是不能获得幸福的，只有大家同心协力。日本民族必须跟东方各民族想到一起。满头白发的芹泽光治良能说出这样一番话，是我始料未及的。说实在的，我边翻译边吃了一惊。我惭愧不真正了解日本正直的文化人对日本民族身受外国占领所感到的压抑与愤怒。同时，我也感到这些有良知的日本文化界人士正在认真地反思自己，思考着自己民族和国家的前途。

著名作家和文艺评论家阿部知二、野间宏、丹羽文雄和中岛健藏，都在自己的家里，亲切地会见了刘白羽同志。

日月荏苒，几十年的岁月转眼过去，中间，中国还经历了"文革"。

　　我心中一直惦记着白羽同志。20世纪60年代中期到70年代后期，我在日本做常驻记者。在"文化大革命"开始的最初那几年，我曾向一些同志打听过白羽同志的情况，但是我得到的却都是令人失望的回答。

　　1976年"四人帮"被粉碎后，有一次日中文化交流协会的朋友随日本作家代表团访华，回日本后告诉我"在中国见到了刘白羽先生"。我简直不敢相信自己的耳朵，同时感到一种说不出来的兴奋。后来，我在报上看到了白羽同志写的关于缅怀毛主席、周总理、朱德同志的长文。在日中文化交流协会的机关刊物《日中文化交流》上看到他的近影，我感到非常亲切。从照片上看到他身穿军装，才知道他在总政文化部工作。1978年6月我卸任后回到北京原单位工作。我写信给他，他回复要我8月22日下午到他的办公室。

　　多年不见，真是有说不完的话。刘白羽同志告诉我，上海一家出版社要汇集他最近写的文章，出版一本集子。他说："我把过去写的《樱花漫笔》，题目改为《樱花》，并做了一些删改。"我们的话题自然转到日本无产阶级文学问题。白羽同志说："最近，日本文学史写作组的同志问我，谁是日本无产阶级文学的代表？代表作是什么？我说，代表是小林多喜二，代表作应是《蟹工船》。这部作品写了劳动人民的生活，闻名全世界。"白羽同志沉思了片刻说："宫本百合子的作品我也看了一些，觉得她受出身阶级的限制，作品多是写身边的事，间或也写了一点劳动人民受压迫之事，但不能与小林多喜二相比。"

　　刘白羽同志很关心他熟悉的日本文化人和作家。他说："有吉佐和子这次来华，她把中方安排的日程推翻，自己提出了一些要求。她极力推荐她的《复合污染》。有吉佐和子是我们1961年访日时新交的朋友。我们翻译她的东西还不多。廖公（廖承志同志）曾经看过她的《非色

（并非为了肤色）》。中国作家代表团访日时，廖公要我们到东京去跟她接触一下，如谈得好，就以廖公的名义邀请她访华。后来邀请了她。我认为，《非色》可译。"

白羽同志感慨地说："做外国作家的工作，最好的办法是作家同作家促膝座谈。不要太生硬，从对方感兴趣的问题谈起，这样效果好。那次访日，我们就是这样做的。回国后向陈毅同志汇报，陈毅同志说这个办法好。我们今后还应该多交一些新作家。"

《钢铁是怎样炼成的》与梅益

　　1949 年春我在大连参加工作时，做梦也没有想到有一天会认识梅益同志。那时，我不仅不知道梅益同志的大名，更不知道他翻译过《钢铁是怎样炼成的》。

　　在人生道路上，我选择的第一个职业是小学教员。年仅 18 岁的我，文化程度不高，亟待充实自己。我报名参加了带有教师进修班性质的夜校，学的是语文。老师是一位胶东人，说话乡音浓重，这倒使我感到很亲切。我很喜欢这位老师，他备课认真，讲课生动、幽默。在课堂上他给我的许多新知识，是我过去从未接触过的。那时，没有教科书，靠的是老师发讲义。有一次，发下讲义一看，原来是苏联小说《钢铁是怎样炼成的》（节录）。但那时我没有注意作者是谁。

　　至今我清楚地记得，节录的文章是从小说的主人公"保尔不知不觉地走到松林跟前了……"这一句开始，接着，写了保尔来到同志们曾被敌人——白匪绞死的地方和埋葬烈士的公墓去凭吊的情景。文章写道："这儿是小镇的近郊，又阴郁，又冷清，只有松树林轻轻的低语和从复苏的大地上散发出来的春天新鲜的气味。……他的同志们英勇就义，为了使那些生于贫贱的、那些一出生就当奴隶的人们能有美好的生活而献出了自己的生命。""保尔缓缓地摘下了帽子。悲愤，极度的悲愤充满了他的心。"

紧接着，便是作者奥斯特洛夫斯基为主人公保尔写下的一段名言：

> 人最宝贵的东西是生命。生命于我们只有一次而已。一个人的生命应当是这样度过的：当他回首往事时，不因虚度年华而悔恨，也不因碌碌无为而羞耻。这样，他在临死的时候就能够说："我整个的生命和全部精力，都已经献给世界上最壮丽的事业——为人类的解放而作的斗争。"

写得多好啊！它立刻引起了我的共鸣。我把它工工整整地抄在我的"名言记录本"的首页，而且时时拿出来朗读。久而久之，我能把它背诵下来，直到迎来耄耋之年的现在，它仍在不断地激励和鞭策着我。

在那以后不久，我找来《钢铁是怎样炼成的》这部小说阅读，才知道译者是梅益，而且对他油然产生了敬意。1952年，我从大连调到北京，但一直没有机会接触梅益同志。

1964年，我到东京做《光明日报》常驻记者，在日本一待就是15年。其间，国内发生了那场长达10年之久的"文化大革命"。有一次，我利用假期回国到书店去看了一下。不消说，很多书都从书店消失了，能够摆出来销售的，只有那么几种。其中就有一本《钢铁是怎样炼成的》。我翻开看了一看，译者不是梅益。出版者加的《出版说明》写道："这次出版的《钢铁是怎样炼成的》是一个新的译本，由黑龙江大学俄语系翻译组和俄语系72级工农兵学员根据苏联青年近卫军出版社1953年俄文版译出。"还说："大庆油田采油三部部分工人、黑龙江大学中文系73级工农兵学员和革命教师经过座谈、讨论，为本书写了前言。"

翻阅这本新版《钢铁是怎样炼成的》，哪里也找不到"梅益"字样。我忽然产生了一个念头：我最喜欢的保尔的那段名言，不知新版是怎样翻译的？我迫不及待地打开了书，看到它是这样翻译的：

> 人最宝贵的是生命。生命每个人只有一次。人的一生应当这样度过：回首往事，他不会因为虚度年华而悔恨，也不会因为生活庸俗而羞愧；临死的时候，他就能够说："我的整个生命和全部精力，都献给了世界上最壮丽的事业——为解放全人类而斗争。"

也许这样翻译，更忠实于俄文原文。但对于不懂俄文的普通读者来说，我觉得还是我早年接触到的梅益同志的翻译更有文学味，因而也更能感染我。

1978 年夏天，我结束了在日本的记者工作，又调回原来供职的单位——外文出版局。1979 年 12 月被任命为外文出版局副局长。我在吴文焘局长领导下，开始筹备成立中国翻译工作者协会。在这一过程中，我有机会接触到许多知名的翻译家和翻译界的老前辈，其中就有梅益同志。1982 年 6 月 23 日上午，中国译协在人民大会堂成立。大会是由梅益同志主持的。他被选为副会长，我被选为秘书长。在筹备成立译协的过程中，我有机会多次与梅益同志接触。

说到梅益同志，如前所述，自从我知道他是《钢铁是怎样炼成的》一书的译者后，便对他产生了敬仰之情。我知道梅益同志是广东潮州人，原以为他姓梅，名益。其实，他原名陈少卿，出生在一个普通的市民家庭。1929 年考入上海中国公学，在校学习期间，受到革命思想的影响。1931 年考入中国大学。梅益青少年时期刻苦学习，博览群书。尽管当时衣食无着、生活窘迫，仍坚持自学英语，为日后的翻译生涯奠定了基础。从 1934 年开始，他在北平的《晨报》、天津的《庸报》、上海的《申报》等报纸的副刊和刊物上发表散文和译作，并以此为生。1935 年，在北平参加了中国左翼作家联盟。同年底，他受党组织委派转往上海"左联"和文化界救国会工作，与上海"左联"的负责人共同编辑机关刊物《每周文学》。1937 年 8 月，加入了中国共产党。

1937 年，上海沦陷成为"孤岛"后，为了突破日伪的新闻封锁，党组织安排梅益与夏衍着手筹办四开日报《译报》。当年 12 月 9 日，《译报》出刊。南京大屠杀和八路军胜利的消息，都是上海这家唯一的爱国中文报纸首先向国内报道的。出报不到一个月，《译报》就被日本人取缔。后来，梅益等人又变个花样，将《译报》改名为《每日译报》恢复出版，继续传递中国人民抗战的声音。

1947 年 3 月梅益到达延安，被安排到新华社负责广播工作。从那时起 20 年的时间里，梅益全身心投入中国广播电视事业中，曾先后主持延安和陕北新华广播电台工作。1949 年 3 月，随中央大队进入北平，继续主持改名为北平新华广播电台的新中国广播工作。1949 年 12 月 6 日，中央人民政府政务院任命梅益为广播事业局副局长，分管宣传业务工作，同时兼任中央人民广播电台总编辑。1958 年，梅益建成了我国第一个电视台，同年 5 月 1 日晚 7 时整，北京电视台（中央电视台前身）试播，中国电视事业发展的历史由此开始；20 世纪 40—60 年代，他的经历就像一部新中国广播电视事业的创业史。他是名副其实的新中国广播电视事业的开拓者。1977 年 5 月，梅益调中国社科院工作，历任副秘书长、党组副书记、秘书长、副院长、党组第一书记等职。

说到小说《钢铁是怎样炼成的》，据了解，梅益同志是从 1938 年到 1941 年历经 4 年多的岁月，艰辛地完成了中文译本的翻译。梅益同志的译本，是根据纽约国际出版社 1937 年阿历斯布朗的英文译本转译的，

1942 年由上海新知书店出版。此书很快引起轰动，解放区的书店纷纷翻印。虽然该书先后有多种译本，但最终还是梅益的译本流传最广最久，影响和激励了中国几代青年人。我就是其中的一个。新中国成立后，梅益的译本一枝独秀，先后发行了 5 版，第一版从 1952 年至 1966 年，共印了 25 次，发行 140 多万册；第二版到第四版从 1979 年至 1995 年印了 32 次，发行 130 多万册。

其实，《钢铁是怎样炼成的》一书，新中国成立前还有过其他的版本。据说最早的版本是从日文译本转译的，译者是段洛夫和陈非璜，由上海潮锋出版社出版。不过，这件事几乎不为人所知。

关于日文版，有这样一个插话：

1936 年 8 月底，小说作者奥斯特洛夫斯基收到一本日文版《钢铁是怎样炼成的》，该译本由日文科学出版社在东京出版。9 月 1 日，他在信件中将小说出版日文版的喜讯告诉了妻子。奥氏生前，只有捷克文、日文和英文三个语言的国外译本。日译本的译者，是日本左翼文化运动领袖杉本良吉（1907—1939）。杉本毕业于日本早稻田大学俄文系，是日本共产党人，"普罗特"（Plot，注重小说、戏剧的故事情节、构成）活跃分子，戏剧导演。杉本良吉曾受日本军国主义迫害，两次被捕。1938 年 1 月，杉本良吉与著名电影演员冈田嘉子越境逃到苏联，很快遭到"肃反"错误对待，杉本良吉被逼供招出与梅耶霍德"联手反苏"，转年被处死［梅耶霍德（1847—1940），著名表现派戏剧家，曾与奥斯特洛夫斯基有深交。他曾将《钢铁是怎样炼成的》改成话剧，但被禁止，在"肃反"中被处死］。到了 20 世纪 50 年代均获昭雪。当然，这些都是后话。

《钢铁是怎样炼成的》一书曾被一致认为是苏联文学中的一部描写革命者的最优秀的作品。著名作家肖洛霍夫在谈到这本书时说："奥斯特洛夫斯基的著作已成为一部别开生面的生活教科书。"它曾经是一部家喻户晓的作品，主人公保尔·柯察金成了苏联优秀青年的榜样，并与他们生活和战斗在一起。在伟大的卫国战争期间，成千上万的像卓娅、马特洛索夫、奥列格·科歇沃伊等苏联青年以保尔·柯察金为自己的人生榜样，为保卫祖国献出了青春和生命（在许多牺牲的苏联士兵身上找到的遗物，是让子弹打穿的《钢铁是怎样炼成的》一书）。在战后的和平建设时期，又有许许多多保尔式的英雄人物积极参加恢复国民经济的建设，成为社会主义建设的生力军。他们在自己的岗位上无愧于祖国和人民，让自己的生命闪耀出光芒。可见，奥斯特洛夫斯基的《钢铁是怎样炼成的》的主人公保尔·柯察金在苏联青年心目中的位置和所起的巨大作用。

保尔·柯察金在中国的命运如何呢？他也曾深受广大中国读者的喜爱，成了许多中国青年的榜样，无论在抗日战争和解放战争时期，还是在全国解放后的 20 世纪 50 年代里，保尔·柯察金的精神激励和鼓舞着中国青年积极地投身祖国的解放事业和建设事业。那么，在今日的中国，奥斯特洛夫斯基的小说《钢铁是怎样炼成的》的主人公保尔·柯察金在青年心目中的地位又如何呢？多数读过这部小说的青年学生认为，保尔·柯察金是个十分吸引人、感染人、鼓舞人的形象。他敢于向命运挑战，有一种自强不息、奋发向上的精神。保尔的崇高的革命理想、高尚的道德情操、忘我的献身精神、坚强的斗争意志、乐观的生活态度、明确的人生目标都是青年学生学习的榜样，而且保尔的这些优良的品质是任何时代的人都需要的。有的青年说："现代社会需要保尔这样的人，因为坚定的信念是我们人生航程中的灯塔，给我们以希望和信心；顽强的意志是我们前进的动力，给我们勇气和力量，是我们战胜困难，走向未来的坚强后盾，也是个人充分发展和个人价值实现的必要条件。""保尔·柯察金生活的时代虽已成为历史，但他的精神是永存的。对于我们跨世纪的一代人树立正确的人生观是至关重要的。人活的就是一种精神。有了这种精神，我们就能克服前进道路上的一切困难和障碍，创造辉煌的人生！"

梅益同志是我国著名的新闻界老前辈，我对他自然感到格外亲切。通过成立译协的筹建工作我与梅益同志相识以后，有一次，我跟他谈起了《钢铁是怎样炼成的》。我说，这部小说对我的鼓舞太大了。特别是保尔的那段名言，成为我的座右铭，至今我还能背出。我告诉他，我看了《钢铁是怎样炼成的》日译本后发现您把书中出现的人名和爱称处理得很精彩。例如，书中女主人公冬尼娅，爱称是"冬尼奇卡"，男主人公保尔的爱称是"保尔什卡"。日文译本，全都按原文的称呼直译，未做任何处理。但中文却没有那样机械地翻译。如果中文也像日文版那样依样画葫芦地死译，就会使读者搞不清冬尼娅和"冬尼奇卡"是一个人还是两个人，保尔和"保尔什卡"究竟是什么关系，因为中国没有那样称呼的习惯。仅此一点，就说明梅益同志的翻译有创造性，他把书中出现的冬尼娅和保尔的爱称分别译作"冬尼娅，亲爱的""保尔，亲爱的"。这样，既忠实于原文，又使中国读者不感到别扭。

由于中国译协马上要创办会刊《翻译通讯》，我冒昧地向梅益同志约稿，说："您是《钢铁是怎样炼成的》这部小说的译者，它曾影响了中国一代又一代青年，恳请您拨冗把您的译书经过和翻译经验写出来，以便为创刊号增添光彩。"

梅益同志虽然答应写，但迟迟未交稿。编辑部人员和我都很着急。1982 年 10 月 20 日，终于收到梅益同志的亲笔信和稿子。真是喜出望外！我连忙拆开了信。信是用圆珠笔在稿纸上写的：

刘德有同志：

《翻译通讯》的同志一再催我交稿，今天是星期天，我终于把它写了出来。（昨天）星期六下午，催稿的那位女同志说，如果我没有空，将派一二位同志来找我，同我面谈，然后把谈话整理出来发表。这启发了我，因而用访问的形式写成这篇东西。这比用自己的名字发表要好一些，免得人家说我在自吹自擂。文章请你看看，该修改的地方请你修改，我不会有任何意见。

问你好

梅益　十七日

看了信，我才明白梅益同志迟迟未交稿的真正原因。原来，梅益同志怕用自己的名字写文章被人误解为"自吹自擂"，遂改为记者采写的形式。

1983 年第 1 期《翻译通讯》刊登了这篇由梅益同志撰写、署名"本刊记者"的文章——《访〈钢铁是怎样炼成的〉译者梅益》。

梅益同志在文章中说，1938 年抗战时，他在上海地下党文委工作。有一天，刘少文同志带一本书来看他。这本书，就是纽约国际出版社 1937 年出版的《钢铁是怎样炼成的》英译本。刘少文对他说："这是一本好书，描写一个苏联青年为实现共产主义理想进行了艰苦卓绝的斗争，这对我国青年有很大的教育意义。请你把这作为党交给你的一项任务，把它翻译出来。"梅益同志高兴地接受了这一任务，但由于上海当时已成孤岛，在艰苦的环境下，他要同时去完成党交办的其他几项任务，所以只能时译时辍，前后花了 5 年时间才译完，交给新知书店出版。梅益同志还说，他在译书的过程中曾得到姜椿芳同志（新中国成立后，出任马恩列斯编译局局长）的很大帮助。当时，姜椿芳同志在苏联的塔斯社工作，作为掩护，从事地下党的活动，但他抽空用俄文版仔细地校阅了梅益同志的译本。英译者删节的部分，也做了补充。

梅益同志还谈了他译书的体会，说他遇到的最大困难是对作品所描写的许多事物，特别是红军的战斗生活很不熟悉。梅益同志说，当时他只有二十几岁，完全缺乏奥斯特洛夫斯基所经历的社会环境和生活方式的亲身体验。他认为："一部好的文学译本，不仅要求译者要有语言修养和艺术修养，更重要的是要译者熟悉作家本人，熟悉作家的社会经历和他所处的时代背景，熟悉作家的创作手法等，这些是提高译本的艺术水平的重要保证。"梅益同志说，当时他唯一的有利条件就是作者和译者都共同怀着为共产主义事业奋斗的理想，共同热爱世界上第一个由工人阶级掌握政权的国家。这共同的立场和感情，使译者对作者所描写的生活和斗争比较容易体会和理解，因而使译文也比较能够达意传神。

梅益同志说，他的另一个困难是从英译本转译，使译文的"信"和"达"受到了限制。他说，考虑到民族语言的因素，译文的"信"和"达"不是绝对的。文学译本不应当单纯是一种精确的复制品，它既要求准确性，又要求艺术性。文学译本最好是直接从原文译出，效果较好，经过转译后，总不能很好地传神。他认为，他的中译本由于是转译的，因此在充分传达原著的艺术风格上"很可能有缺陷"。但，他考虑到译本的主要读者是青年人，包括文化水平不高的职业青年，因此不是紧抠字眼、死译硬译，而是尽可能使译文通顺流畅，让读者能够读下去。为了达到这一目的，梅益同志对译文曾多次进行过修改，但他谦虚地说："遗憾的是一直没有做好。"

我接到梅益同志的信和稿子后，于 10 月 24 日写了回信：

梅益同志：

来信敬悉，惠赐的稿件也同时收到。感谢您大力支持翻译工作者协会的工作，在百忙中抽暇为会刊撰稿。遵嘱已将原稿交给了编辑部，请放心。

我作为第一个读者拜读大作，深受感动，且受益匪浅。《访问记》不仅告诉人们很多过去从未公开的事实，而且将使读者了解老一辈翻译家解放前在白区艰苦奋斗的不平凡经历。我相信，这篇文章一定会鼓舞正在为建设社会主义精神文明而努力奋斗的广大读者，特别是青年读者。

……

梅益同志在他写的那篇文章中提到他曾多次对译文做过校改，不仅如此，据说全国解放后，人民文学出版社还请俄文翻译家刘辽逸同志根据原本校阅过一遍。我曾看过人民文学出版社1989年12月第5版的《钢铁是怎样炼成的》。保尔的那段名言已经不是我在大连时看到的译文，它已改为：

人最宝贵的是生命。生命属于人只有一次。人的一生应当这样度过：当回首往事的时候，他不会因为虚度年华而悔恨，也不会因为碌碌无为而羞愧；在临死的时候，他能够说："我的整个生命和全部精力，都已经献给了世界上最壮丽的事业——为人类的解放而斗争。"

最近，我还有机会看到译林出版社于1999年4月第5次印刷的新版《钢铁是怎样炼成的》。保尔的那段名言又做了如下的改译：

人最宝贵的是生命。生命属于人只有一次。人的一生应当这样度过：当他回首往事的时候，不会因为碌碌无为、虚度年华而悔恨，也不会因为为人卑劣、生活庸俗而愧疚。这样，在临终的时候，他就能够说："我已把自己的整个的生命和全部的精力献给了世界上最壮丽的事业——为人类的解放而奋斗。"

这一版的译者曹缦西和王志棣同志在《译序》中写道："漓江出版社 1994 年 9 月出版的新译本中，黄树南先生对这段名言作了改动，他认为'碌碌无为'四字还没有表达出原文的全部内容，因为从保尔默默思索人生的意义，脑子里出现这段名言的近背景和远背景来考虑，应当把它理解为对全书思想的总结。保尔所反对的不仅仅是虚度年华、碌碌无为，他更反对卑鄙和庸俗。据此，黄树南先生将原译文中的'碌碌无为'改成'卑鄙庸俗'。""我们觉得，黄树南先生的看法不无道理。因而，在翻译这段名言时，我们借用了梅益先生的译文作为基础，吸收了黄树南先生的思想，从文字上作了新的处理。"

呜呼！恨我不懂俄文，无法参照原文核对译文，也无法对新译文是否忠实于原文发表议论。尽管这几种翻译各有千秋，彼此之间有些微妙的差异，甚至可以说它们"大同小异"，但不知为什么，我至今仍对早年在大连看到的梅益同志的译文感到无比亲切。这，也许是一种怀旧之情，或者它早已成为我思想和感情生活的一部分，"根深蒂固"到难以改变的程度吧。

末了，顺便说一下，最近我查阅了三种日文版的《钢铁是怎样炼成的》（1950 年 4 月科学社出版的杉本良吉的译本、1955 年 12 月岩波书店出版的金子幸彦的译本、1956 年 6 月出版的新潮社的中村融的译本），发现保尔那句名言的翻译，接近黄树南先生的理解。现根据岩波书店的译本试译如下：

人最宝贵的是生命。生命于人只有一次而已。一个人的生命应
当这样度过：当他回首往事时，不会因虚度年华而悔恨，也不会因
卑俗无聊而羞愧。临死，他能够说："我整个的生命和全部精力，
都已经献给世界上最壮丽的事业——为人类的解放而斗争。"

"它确信，阴云是遮不住太阳的……"

　　1901 年，高尔基创作了一部带有象征意义的短篇小说《春天的旋律》，并将末尾一章单独发表出来，这便是传诵至今的散文诗《海燕》。20 世纪 20 年代，杰出的无产阶级革命家、作家、翻译家瞿秋白在访苏期间将高尔基的这篇作品从俄文翻译成汉语，名为《暴风鸟的歌》，十年后又将其改译成《海燕》。后来，著名翻译家戈宝权也翻译了《海燕》，成为现在广为流传的译本。多年来，诗中那不怕任何艰难险阻、勇往直前、乐观无畏的海燕形象曾激励过无数中国人战胜困难、超越自我，成为时代的英雄。让我们重温伟大的诗句：

　　"海燕叫喊着，飞掠过去，好像深黑色的闪电，箭似的射穿那阴云，用翅膀刮起那浪花的泡沫。""它确信，阴云是遮不住太阳的……"

一

　　我爱高尔基的散文诗《海燕》。

　　《海燕》又名《海燕之歌》，是高尔基早期的作品。如上所述，它也是高尔基一篇短篇小说"幻想曲"《春天的旋律》的末尾一章。作品发表于 1901 年，作者通过塑造在暴风雨来临之际勇敢飞翔的海燕形象，热情歌颂了俄国无产阶级革命先驱坚强无畏的战斗精神，预示革命必将取得胜利的前景。

我第一次接触《海燕》是在我的家乡——海滨城市大连。1949 年春，我参加工作，在一所学校教书。当时，解放军已经解放了全东北，正势如破竹，回师关内，全国的解放也已为时不远。那时，我才 18 岁，像所有要求进步的青年一样，心中燃烧着火一般的革命热情。有一天早晨，教职员开会，年轻的校领导在谈到全国的革命形势时，充满激情地引用了高尔基的《海燕》。它的感染力是那样强烈，顿时引起我的极大共鸣。

我不懂俄文，不能看原文，就找来了瞿秋白的《海燕》译本，爱不释手地反复阅读，朗诵一遍又一遍。我被那优美、流畅、朗朗上口、充满战斗精神的诗篇所深深打动，很快就记下了一些名句：

"白濛濛的海面的上头，风儿在收集着阴云。在阴云和海的中间，得意洋洋地掠过了海燕，好像深黑色的闪电。"

"……只有高傲的海燕，勇敢地，自由自在地，在这泛着白沫的海上飞掠着。"

"它确信，阴云是遮不住太阳的……"

"暴风雨！暴风雨快要爆发了！"

"那是勇猛的海燕，在闪电中间，在怒吼的海的头上，得意洋洋地飞掠着；这胜利的预言家叫了：'让暴风雨来得厉害些罢！'"

通过瞿秋白同志的精湛译笔，海燕那种不怕任何艰难险阻、勇往直前、大无畏的革命形象跃然纸上。我生长在海滨，又赶上全国革命高潮的到来，怎能不对暴风雨中自由翱翔的"勇猛的海燕"，产生无比的憧憬，受到极大的鼓舞！在《海燕》中，高尔基塑造的正面和反面的艺术形象，好像就生活在我的周围，所以感到非常亲切。

后来，随着我年龄的增长和对瞿秋白同志了解的不断加深，对这位

《海燕》的译者越发崇敬。特别是我从大连调来北京后从事日文的翻译工作，心中常想，在翻译事业上要以瞿秋白同志为楷模，好好向他学习。

瞿秋白同志是一位杰出的无产阶级革命家，同时也是一位令人敬仰的大翻译家，他在 36 年的革命生涯中，完成了 200 余万字的翻译作品，其中既有文学作品，也有马列著作，为我们留下了宝贵的精神财富。

瞿秋白同志走上翻译的道路，有其历史背景和家庭的因缘。他在青年时期经历了中国历史上的大变动。帝国主义和封建势力的双重压迫，使中国面临了空前的危机。他经历过辛亥革命，也经历过反帝爱国的五四运动。由于家庭的经济条件所限，瞿秋白未能上普通大学，而进入了旧中国外交部办的不收学费的"俄文专修馆"。在那里，他接触到俄罗斯文学名著，他如饥似渴地阅读、学习并进行翻译。到 1920 年秋作为《晨报》记者赴俄罗斯之前，他陆续发表了《祈祷》《闲谈》《仆御堂》《付过工钱以后》《妇女》等具有鲜明现实主义精神的文学创作。

同一时期，瞿秋白还发表了关注妇女问题、教育问题和社会经济问题的翻译作品。其中伯伯尔（倍倍尔）的《社会之社会化》，"是最早介绍无产阶级思想的文章之一，为后来马列主义在中国的传播发了先声，因此具有重大的社会现实意义；同时也为瞿秋白中后期系统地翻译马列著作做出了有益的尝试"（冯文杰：《瞿秋白翻译主题的迁移研究》）。在这一过程中，瞿秋白从一个积极的民主主义者逐步地成长起来，成为共产主义者。他以翻译为武器，投身到轰轰烈烈的新文化运动中去，通过革命启蒙，促进中华民族的觉醒。因此，有人说，瞿秋白青年时期的翻译活动不仅仅属于他自己，更属于他奋斗的那个时代。

当年，瞿秋白同志长期生活在白色恐怖下，在极端恶劣、艰苦的环境中，不顾个人遭遇的坎坷，以情文并茂的、数以百万计的丰富的论述和译作贡献给中国人民，表现出那样充沛的精力、渊博的知识和喷泉般的不竭才思，确实令人惊叹和赞佩。

二

世上确有意想不到的事。1976 年后，我竟有机会接触到瞿秋白同志在旅居苏联期间翻译《海燕》（最初译为《暴风鸟的歌》）留下的手迹，从而了解到，他翻译《海燕》的情况，不是像我原来想象的那样一蹴而就，而是经过了反复推敲。

事情的经过是这样的：1982 年 6 月，中国翻译工作者协会在北京成立，我被推选为秘书长。1983 年 1 月，中国翻译工作者协会创办了会刊《翻译通讯》，由我兼任主编。《翻译通讯》刚创刊，编辑部就约到瞿秋白与杨之华的女儿瞿独伊的文章《从〈暴风鸟的歌〉到〈海燕〉》。瞿独伊在文章中说："我在清理母亲杨之华同志保存下来的父亲瞿秋白同志的一些遗作抄件时，意外地发现了《海燕》早期译文的一份手稿，题为《暴风鸟的歌》。""据我们考证，《暴风鸟的歌》是秋白同志作为《晨报》记者第一次访苏期间（1920 年底至 1922 年底）翻译的。"

编辑部在第二期的《翻译通讯》上发表瞿独伊的这篇文章的同时，在封二上刊登了瞿秋白的手稿。手稿是用钢笔横写的。最上方的两行俄文，是作者高尔基的名字和题目；接下来，是中文题目《暴风鸟的歌》；再下来，一行字是"瞿秋白翻译"。本文共 31 行，字迹清秀、有力，间或有修改的痕迹。

瞿秋白在翻译这篇散文诗时，苏联由于受到第一次世界大战和国内战争的影响，国民经济遭到严重破坏，生活条件非常艰苦。据说，瞿秋白把每天配给他的一点白糖节省下来，到街上换外文书。当时，没有一本完善的俄汉字典，文中出现的一些鸟名，也无法查对。而且正如瞿独伊所说，从新发现的《暴风鸟的歌》的手稿中可以看出，瞿秋白同志当时的"俄文水平并不像后来那么高"。

瞿秋白把《暴风鸟的歌》改译为《海燕》，是在 1931 年底到 1932 年底，前后相隔了 10 年之久。当时他遭到党内王明一伙的打击，被排除在中央领导之外，同时又处于残酷的白色恐怖之中，在上海常常居无定所。《海燕》就是在这样险恶的环境里译出来的。它最早发表于《高尔基创作选集》中，译者署名为萧参，1933 年由生活书店出版。看了《海燕》的译文，我觉得瞿秋白同志真正做到了融会贯通、字斟句酌，通篇贴切流畅，音韵谐美，铿锵有力，较 10 年前更准确地表达了原文的精神，使其成为译作中的精品。

下面，就让我们把《暴风鸟的歌》和《海燕》做一个比较，看看瞿秋白同志是怎样反复推敲译文的。

暴风鸟的歌

花白的海面平原上，风在那里收集着乌云。乌云和海的中间，很兀傲的飞掠着暴风鸟，好像黑色的电闪一样。

他，一忽儿用翅膀括着波浪，一忽儿又像箭一样的冲进乌云，他叫着——而乌云听着这个叫的声音，正是听见勇敢的高欣。

这个叫的声音里面——实在有着暴风雨的渴望。乌云听着这个叫声，正是听见那愤怒的力量，那热情的火焰，那胜利的自信。

鸥鸟只是在暴风雨之前呻吟着，——呻吟着，在海面上慌乱着，害怕着暴风雨，只想躲到海底里去呢。

嫩鸟亦是呻吟着，嫩鸟是不配享受生活斗争的痛快的：霹雳的雷声就把他们吓坏了。

游水鸟的蠢货，畏缩缩的把又笨又胖的身体，往岩石边上躲藏……只有兀傲的暴风鸟，在那水沫花白的海面上，勇敢的飞掠着！

乌云一阵阵的暗下来，一阵阵的落到海面来，而波浪正在唱着，正在汹涌着，迎着雷声往上去。

雷声隆隆的响着，波浪和风争论着，在那愤怒的水沫里呻吟。风却紧紧的抱住了一大堆一大堆的波浪，极其愤恨的用力把他们扔到岩石上，仿佛把巨大的绿玉柱子，一个个的打得个粉粉碎。

暴风鸟一面叫着一面飞掠，好像黑色的电闪一样，用翅膀刮开波浪的水沫，又像箭一样地穿过乌云。

看！他像神仙一样——暴风雨的兀傲的黑色神仙——又是笑，又是哭。他笑，是笑那些乌云，他哭，是高兴得要哭！

在雷声的愤怒里——他是警觉的神仙，他早就听见疲倦的声音，他知道：乌云是遮不住太阳的，——不的，遮不住的！

风在狂吼……雷声在隆隆的响……

一大堆一大堆乌云，像青色的火焰一样，在无底的海上燃烧。海呢，尽在抓拿电闪的箭头，把他们淹没到自己的深渊。这些电闪的影子，好像火蛇一样，在海里蜿蜒着而消灭下去。

——暴风雨！暴风雨快来了！

这是勇敢的暴风鸟，兀傲的飞掠在电闪和愤怒暴跳的海之间，呵，这是胜利的预言家在叫着呵！

——让厉害些的暴风雨来罢！

海 燕

白濛濛的海面的上头，风儿在收集着阴云。在阴云和海的中间，得意洋洋地掠过了海燕，好像深黑色的闪电。

一忽儿，翅膀碰到浪花，一忽儿，像箭似的冲到阴云，它在叫着，而——在这鸟儿的勇猛的叫喊里，阴云听见了欢乐。

这叫喊里面——有的是对于暴风雨的渴望！愤怒的力量，热情的火焰和对于胜利的确信，是阴云在这叫喊里所听见的。

海鸥在暴风雨前头哼着，——哼着，在海面上窜着，愿意把自己对于暴风雨的恐惧藏到海底里去。

潜水鸟也哼着，——它们这些潜水鸟，够不上享受生活的战斗的快乐：轰击的雷声就把它们吓坏了。

蠢笨的企鹅，畏缩地在崖岸底下躲藏着肥胖的身体……只有高傲的海燕，勇敢地，自由自在地，在这泛着白沫的海上飞掠着。

阴云越来越昏暗，越来越低地落到海面上来了，波浪在唱着，在冲上去，迎着高处的雷声。

雷响着。波浪在愤怒的白沫里吼着，和风儿争论着。看罢，风儿抓住了一群波浪，紧紧地抱住了，恶狠狠地一摔，扔在崖岸上，把这大块的翡翠石砸成了尘雾和水沫。

海燕叫喊着，飞掠过去，好像深黑色的闪电，箭似的射穿那阴云，用翅膀刮起那浪花的泡沫。

看吧，它飞舞着，像仙魔似的——高傲的，深黑色的，暴风雨的仙魔，——它在笑，又在嚎叫……它笑那阴云，它欢乐得嚎叫！

在雷声的震怒里，它这敏感的仙魔——早就听见了疲乏；它确信，阴云是遮不住太阳的，不的，遮不住的！

风吼着……雷响着……

一堆堆的阴云，好像深蓝的火焰，在这无底的海的头上浮动。海在抓住闪电的光芒，把它熄灭在自己的深渊。像是火蛇似的，在海里游动着，消失了，这些闪电的影子。

"暴风雨！暴风雨快要爆发了！"

那是勇猛的海燕，在闪电中间，在怒吼的海的头上，得意洋洋地飞掠着；这胜利的预言家叫了：

"让暴风雨来得厉害些罢！"

读了这两篇前后相隔 10 年的译文，我从翻译的角度学习了很多，得到不少启示。

其一，精益求精，经过反复推敲把毛坯深加工为精品。有人进行翻译时，不打草稿，一蹴而就，一次完稿，很少再修改。能这样做，固然很好，但我做不到这一点，特别是翻译文艺作品。我的习惯是译好后，要反复修改。我觉得，像瞿秋白同志翻译《海燕》那样，译完初稿后，放一段时间再修改、润色，精雕细刻，才能提高译文质量，从而达到或接近精品的水准。从《暴风鸟的歌》到《海燕》，就体现了这种质的飞跃。从这里我们可以看出瞿秋白同志一丝不苟、锲而不舍的精神以及他那深厚的文学修养和卓越的翻译艺术。

其二，机械地直译和死译，并不等于"忠实"。直译，难免会留下一些欧化的句子。从《暴风鸟的歌》到《海燕》的过程，我们可以看出瞿秋白同志经过推敲润色，不仅消灭了错译、修改了不当的词，而且克服了许多欧化的句子，使它们更符合汉语习惯。我注意到《暴风鸟的歌》倒数第四段有一句："乌云……在无底的海上燃烧"，在《海燕》中改为"阴云……在这无底的海的头上浮动"。有的同志曾对照原文指出，瞿秋白同志把这句译错了，理由是：原文的"пылать"，意为"燃烧"，不应译为"浮动"。1982 年 6 月人民文学出版社出版的《瞿秋白诗文选》收录的《海燕》，在"浮动"一词后面就加注说："这里'浮动'应译为'燃烧'。"瞿独伊说："不错，пылать 确是'燃烧'之意，而且在初稿上秋白同志也是译为'燃烧'，但定稿却改为'浮动'。这说明秋白同志是经过认真推敲的。俄语中 пылать 的转意，是表示一个迅速的动作或过程，说明阴云在暴风雨到来之前在海面上的动态。如果直译为'燃烧'，译文不仅不合逻辑，结果反而因辞害意。"

其三，要考究修辞，尽可能地选择形象化的语言，努力做到传神。例如，"波浪在愤怒的白沫里吼着"，"吼"一词原译为"呻吟"。又例如，"风却紧紧的抱住了一大堆一大堆的波浪，极其愤恨的用力把他们扔到岩石上"，被改译为"风儿抓住了一群波浪，紧紧地抱住了，恶狠狠地一摔，扔在崖岸上"，其中的"抓住""摔"，多么生动，多么形象，多么传神！

其四，翻译诗歌，宜在增强诗意上狠下功夫。第一段"在阴云和海的中间，得意洋洋地掠过了海燕，好像深黑色的闪电"，每一个句子后面所用的字——"间""燕""电"，韵母均为"an"，这样，听起来很和谐，而且比原译"乌云和海的中间，很兀傲的飞掠着暴风鸟，好像黑色的电闪一样"，更富有诗意。又例如，原译"这个叫的声音里面——实在有着暴风雨的渴望。乌云听着这个叫声，正是听见那愤怒的力量，那热情的火焰，那胜利的自信"，这样翻译像散文，没有诗味。但同样的句子，改译为"这叫喊里面——有的是对于暴风雨的渴望！愤怒的力量，热情的火焰和对于胜利的确信，是阴云在这叫喊里所听见的"，由于改变了句子的结构，译文更加铿锵有力，增强了诗意。再例如，"海呢，尽在抓拿电闪的箭头，把他们淹没到自己的深渊。这些电闪的影子，好像火蛇一样，在海里蜿蜒着而消灭下去"，读起来显得平淡。然而，瞿秋白改译为"海在抓住闪电的光芒，把它熄灭在自己的深渊。像是火蛇似的，在海里游动着，消失了，这些闪电的影子"，多精彩，多有诗意！

三

翻译艰难，译诗更难。

从长年的工作实践中，我体会到，翻译不仅仅是两种语言的转换，也是两种思维的转换，更是两种文化的交流。从某种意义上说，翻译本是一项"不可为而又不得不为之"的活动，它涉及不同语言、不同文化、不同风俗习惯以及不同的思维方式等一系列问题。东西方之间这一情况尤为明显。

我认为，由于两种文字的文化背景以及语法结构、诗体格律不同，翻译诗歌（包括散文诗）有它自己特殊的规律。有人说："翻译诗是一种'不合理'的事情，夸大一点说，其不合理性可以比之于把达·芬奇的油画翻译成中国画，或者把贝多芬的奏鸣曲翻译成中国民乐。"因此，围绕着诗是否可译的问题，翻译界一直存在着不同的看法，至今争论不休。以我的浅见，如果是以传达"意美"为标准，大部分的诗是可译的。但是，诗的"形美"，有的可译，有的不完全可译，有的则完全不可译。至于"音美"，包括音律、音韵、特殊的修辞法等，是不可译的。由此可见，翻译不是单纯的文字转换，而是需要译者的再创作。

翻译（除了一些词和语句外）往往不可能有一个统一的答案。十个人翻译，就会有十个结果。这就是说，同一篇原著在正确理解的前提下，你可以这么译，也可以那么译。

在瞿秋白的译文之外，著名翻译家戈宝权所翻译的《海燕》也广为人知。人教版的初中语文教材中所选的《海燕》一文便是采用戈宝权的译文，很多人耳熟能详的那句"让暴风雨来得更猛烈些吧"就是出自这个译本。

> 在苍茫的大海上，狂风卷集着乌云。在乌云和大海之间，海燕像黑色的闪电，在高傲地飞翔。
>
> 一会儿翅膀碰着波浪，一会儿箭一般地直冲向乌云，它叫喊着，——在这鸟儿勇敢的叫喊声里，乌云听到了欢乐。
>
> 在这叫喊声里——充满着对暴风雨的渴望！在这叫喊声里，乌云听出了愤怒的力量、热情的火焰和胜利的信心。
>
> 海鸥在暴风雨到来之前呻吟着，——呻吟着，它们在大海上飞窜，想把自己对暴风雨的恐惧，掩藏到大海深处。
>
> 海鸭也呻吟着，——它们这些海鸭呀，享受不了战斗生活的欢乐；轰隆隆的雷声就把它们吓坏了。
>
> 愚蠢的企鹅，胆怯地把肥胖的身体躲藏在峭崖底下……只有那高傲的海燕，勇敢地，自由自在地，在泛起白沫的大海上面飞翔！

这是戈宝权《海燕》译文的开篇，对比前面瞿秋白的译文，我们可以看出两者存在明显的差异。然而，两位译者的译文很难说孰优孰劣，而是各有千秋，至于你更喜欢哪个译本，确实是仁者见仁、智者见智。

不仅如此，即使是出自一个人之手翻译的东西，过一段时间后，译者还可以修改。这就是说，同一个译者在不同时期，凭他的理解和他在上下语境中的"创造"，可以有不同的译法。瞿秋白翻译高尔基的《海燕》就是一个最好的例子。如前面的介绍，经过瞿秋白的精心修改、推敲，《海燕》的译文却变了样，它是"那样准确、流畅、朗朗上口，既保持了原诗的战斗精神，又表达了原诗的意境，至今仍不失为一首优美的散文诗"（瞿独伊语）。

今天，重温瞿秋白译的《海燕》，深感它是译文中的精品。而瞿秋白的翻译生涯为我们后来的翻译人员树立了光辉的榜样。他那种对革命的火一样的热情，对待翻译那种一丝不苟、锲而不舍的精神，他那深厚的马克思主义理论修养和文学修养以及卓越不凡的翻译艺术，是永远值得我们敬仰和钦慕的。

当结束本文的写作时，在我眼前仿佛又掠过了那只勇猛的海燕，并伴随着在雷鸣声中它发出的胜利的呼喊！

东京一条旧书店街神保町

东京有一条闻名遐迩的书店街，名叫神保町，那里旧书店鳞次栉比，也有一些新书店，但确切地说还是旧书店居多，因此，又号称世界首屈一指的"古书店街"。中国近代名人、文豪、文化人曾在这里留下了他们的足迹和许许多多脍炙人口的逸事。

神保町，准确地表述，应该是"神田神保町"。为什么叫"神田"？据说这里曾是一片耕地，每年收获的新稻，要作为贡物奉献给皇家祖庙——"伊势神宫"的内宫。因此，这块土地被称为"神田"。到了江户时代（1603—1868），这一带出现了许多武士领主的宅邸。元禄二年（1689）在现在的神田神保町2号街附近，有个名叫神保长治的领主修建了一栋宅邸，这便是"神保町"这一地名的由来。

明治维新后日本实行市制，东京市成立了神田区。明治三十二年（1899），由于这一带原是武士诸侯的宅邸用地，比较宽广，各种学校诸如明治法律学校、专修学校，即后来的许多百年名校相继成立。随之周围便雨后春笋般建立起专供学生住宿用的"下宿"（家庭公寓）。而出售教科书或参考书的旧书店也应运而生，逐渐形成了今天神田神保町旧书店街的雏形。

后来，随着东京人口不断增多，神田这一带迅速发展，逐步建立起一些商场、商店、和式旅馆、饭馆、咖啡厅、吃茶店、电影院和医院等。翻开旧报纸和早年的回忆录看，还记载着当时的情景：入夜，这里行人熙熙攘攘，灯火辉煌，"俨然是一座不夜城"。

明治时代，中国曾向日本派出了大批留学生，多时高达上万人。由于东京神田一带开设了面向中国留学生学习日语的学校，遂成为众多中国青年的聚集地。多家中国料理店也陆续在附近开张，"汉阳楼"便是其中远近闻名的一家。

最近，我收到一位热心创作俳句的日本朋友三津木俊幸先生的来信，谈到神田"汉阳楼"的一些情况。他在信中写道：

> 周恩来总理年轻时，于1917年俄国十月革命前后从天津前来日本。当时他咏诗一首：
>
> > 大江歌罢掉头东，
> > 邃密群科济世穷。
> > 面壁十年图破壁，
> > 难酬蹈海亦英雄。
>
> 现在，这首诗悬挂在"汉阳楼"内。当年，周青年经常来此店，并同中国留学生们议论时局和国事。本人因与此店有缘，在周青年来店百年纪念时，受老板委托曾赋拙俳一首，至今摆在店里：
>
> > 阳春一十九，
> > 东京老店汉阳楼，
> > 君啖狮子头。
>
> "狮子头"，是周恩来喜爱吃的大肉丸子。他从日本回国后，投身了革命。

　　1923 年关东大地震时，神保町一带由于遭受巨大打击，化作了一片废墟。震后即着手重建，马路被拓宽，坡路由陡变缓，交通更加便利，不久便恢复了昔日的盛况，而且成为东京的观光游览地。然而好景不长，进入昭和年代，随着日本军国主义对外扩张，对内日益法西斯化，特别是 1941 年日本发动太平洋战争后，东京逐渐成为美军空袭的重要目标。1945 年 3 月美军对东京的小工商业者居民区进行了猛烈轰炸，使神田一带几乎炸成了平地，但唯独神保町奇迹般地得以幸免。

　　战后，随着日本经济的腾飞，神田神保町的旧书行业也开始兴旺起来。前几年有个粗略的统计，日本全国约有 2200 家旧书店，其中东京770 家、大阪 280 家、京都 120 家。东京的旧书店之所以最多，其原因就在于日本最为知名的四条旧书店街有三条在东京，即有百年历史的神田神保町旧书店街，以及位于文京区的本乡（东京大学所在地）旧书店街和位于新宿区的早稻田（早稻田大学所在地）旧书店街。如今，神保町共有大大小小的旧书店一百几十家。这些旧书店，一家挨着一家矗立在车水马龙的通衢大道，或者在附近著名的商店街铃兰大街上。当你走到附近时，老远就会看到密密麻麻的旧书店，有的在门口还引人注目地摆着书架或书摊，四周飘散着纸墨的清香。上午 10 时来到这里时，不少书店还没开门，但门前那些"诱人"的露天书架旁，早已有书虫开始淘书。

　　据我观察，这条街上的大部分旧书店都以经营和收购旧书为主，不仅图书种类丰富，其中还不乏极其珍贵的古籍孤本，堪称各种领域文献资料的宝库。除了各种旧版、绝版书，甚至江户时代的古文书与手稿也堆积如山，等待人们去挖宝。这里不仅有日文书，还有外文书籍：中国古书、外国图文集及外文版的学术书籍等。在这里，我们能找到很多中国文学作品，包括日文版的《诗经》、唐诗、宋词及近代文豪鲁迅等的作品，就连金庸武侠小说全集及现代小说作家的作品亦应有尽有。由此可见，中国文坛对日本文化的影响实在不小。其实，国内有些研究中国古典或近代文学的学者在学习日文，这是因为日本所收藏的中国文学珍本有时甚至比中国本土还多，所以假如你对书籍的版本有兴趣或有研究，就一定要到神田旧书店街碰碰运气。

随着时代的发展和学科的多元化，旧书店的书籍种类不断扩展，旧书店也越来越专业化，趋于分门别类。有些经过几代人经营的旧书店，每一家都继承了祖辈的意志，决不跟别家出售相同的书。每一家书店细致地划分为文学、历史、思想、宗教、社会科学、工程技术、美术、艺术、建筑、电影、音乐、版画（浮世绘）、漫画、兴趣爱好、管理、医学、初版书等几大类。如此细致的分工，就是为了让有需要的顾客可以在书海中顺利找到你要的那一本。

这条街，每天都吸引着大批学者、学生、文化人以及来自世界各地的读者和收藏家，可以说神保町旧书店街是爱书者的天堂。经历了百年风雨的这条旧书店街，如今虽不能说像 20 世纪 20 年代那样空前繁荣、门庭若市，但也并没有完全萧条。我们看到的景象是络绎不绝的人群聚精会神地寻觅自己喜欢的书籍，如能以低廉的价格买到保存完好甚至绝版的佳品杰作，不能不说是一件令人十分欣慰的事情。

我一向对旧书店情有独钟，无论是少年时期在家乡大连，或是后来调至北京，一有机会就去逛旧书店。在日本做常驻记者的那些年，旧书店是我假日的一个重要去处。也无所谓一定要有目的去购书，只是浏览那些琳琅满目的旧书，就有一种莫名的心满意足之感。

神保町到底收集了多少旧书，无人知道；这里还藏着多少孤本，也无人知道。我常常随意走进一家旧书店，寻找、浏览、粗读、比较。偶尔碰上一本心仪的，便把它买下来，好像淘到了一件宝物，兴奋不已。

我注意到神保町有一家百年老店，名叫长岛书店，专售日本历史上的碑帖、字帖和古籍，甚至还有线装书和孤本，中国书法的碑拓以及《史记》等中国古书在这里也可以找到。店门口摆出的书摊上，用毛笔醒目地写道："本店备有初学者的字帖直到国宝级名家墨宝字帖！"

在中国驻日记者中，我有一位爱好书法的朋友，他比我晚几年到东京常驻，一有空他就到神保町一带去淘宝，找他喜爱的名贵字帖或碑帖。我不知他是不是在长岛书店发现的宝物，有一次他给我来信，并附来照片说：

> 我在东京买了本小野道风的书法书，其中的屏风六帖（屏风土代，即底稿）汉诗，作者大江朝纲，书者小野。我看他们的书风，紧跟晋唐不逾矩，但，是否较为内敛，有"日本味"？现发去，请高览。

小野道风（894—966）是日本平安时代（794—1192）中期的贵族书法家。参议小野篁之孙，大宰大弐小野葛弦之子。官位是正四位下内藏头。他被誉为日本"三迹"之一。

我收到来信和照片后，即回复：

> 您对小野道风书法的评价，我完全同意。小野道风在日本历史上确实是一位大书法家，颇有"二王"遗风，写得有韵味（当然，脱不了"日本味"）。弘法大师（空海）也是一位大师。现代日本，恐怕出不来这样的大师了。

关于小野道风，我小时还听到过这样一个故事：

一日，小野道风在郊外散步，看见有一只青蛙在不断跳跃，想攀上池边垂柳的枝条。跳一次，不成功。又跳一次，失败。再跳一次，青蛙终于抓住了柳条，成功地攀上。小野道风由此得到启示：即使失败多次，只要努力，总会成功。这也许只是一个传说而已，但反映了小野的成功是他不断努力的结果。

我的这位同行，确实是一位有心人，他还搜集了江户时代日本人学习颜体书写的字帖。我十分佩服他的热心。我给他的信中说：

您真是一位名副其实的收藏家，我有幸欣赏到您收藏的日本江户时代的宝物，实在是令人艳羡和敬佩。

我是一个外行，但感到狩谷望之的字，颇有颜体遗风，由此想到历史上（例如从平安时代到江户时代）的日本人，做事既认真、一丝不苟（或者说古板、刻板），又透露出他们崇尚先进中国、先进文化的那种虔诚之心。

呜呼！现在的日本人把这一优良传统几乎忘得差不多了。

我查了一下狩谷望之，乃江户后期人士（出生于安永四年），本是江户一家书店青裳堂主人高桥高敏之子，名为真末。25岁时，过继给汤岛津轻藩御用商人狩谷家，改名望之，号棭斋，别号求古楼。他是著名的书法家，又是以搜集古钱而闻名于世的收藏家，著作颇丰。以上仅供参考。

说到这里，我想谈一件在神保町的旧书店街曾发生过的令人惊异的奇事。而此事与鲁迅的挚友内山完造的胞弟内山嘉吉以及他在东京开设的内山书店有关。

话要从东京的这家内山书店说起。

1964 年我作为常驻日本的记者刚到东京时，内山书店还坐落在神田一条僻静的街道上，与"十字军"总部毗邻。书店的门面不大，确切一点说，是一间住家兼店面的铺子。店里的布置保留着 20 世纪 30 年代上海内山书店的一些特点：特辟一块不大的地方，设了茶座，作为留顾客叙谈之所。我在那里就曾多次品尝过嘉吉先生亲自沏的日本名茶"玉露"。谈起内山书店，嘉吉先生总是说，他本来不是一个买卖人，而是一个美术教员，1935 年因学校闹风潮被解雇。当时，在上海开内山书店的胞兄内山完造正好在东京，建议他在东京开设一家专卖中国近代书籍的书店，以便向日本知识界介绍中国的新文化。虽然他从未做过生意，但接受了这个建议，因为他觉得书店是"并非商店的商店"。

东京的内山书店搬到现在的神田"铃兰大街"，是 1968 年以后的事了。我每到那里，总有一个感觉：它是一家书店，但又不完全是书店。它是帮助日本人了解中国情况的一座桥梁，又仿佛是一座中国问题的小小"图书馆"。如果说上海的内山书店曾在沟通和维护两国文化界的交往上、在传播进步思想方面做过有益的工作，那么东京的内山书店则是在中华人民共和国成立后，为介绍新中国的情况、发展中日文化交流，做了可贵的贡献。

嘉吉先生一生酷爱木刻艺术。他非常珍惜跟鲁迅的一段交往。1928 年夏，内山嘉吉去上海内山书店帮忙，第一次见到鲁迅，并接受鲁迅的邀请，给上海一些从事美术工作的中国青年讲授木刻技法。此后 6 天鲁迅与内山嘉吉同去木刻讲习会，内山嘉吉用日语讲授，鲁迅亲自担任口译。讲习会结束那一天，鲁迅、内山嘉吉和全体学员合影留念。

1976 年 10 月，日本仙台举办了纪念鲁迅逝世 40 周年展览会。中国派出代表团参加了开幕式。10 月 22 日晚，当时在东京做记者的我，陪同专程到日本来访问的鲁迅之子周海婴到内山嘉吉先生家做客，意外地发现了鲁迅 1933 年 3 月 2 日为山县初男亲笔题签的《呐喊》和《彷徨》，收藏在嘉吉先生那里。

这天晚上，我们先访问了东京的内山书店。稍坐后，嘉吉先生和松藻夫人邀请我们到附近一家日本饭馆共进晚餐。主人特意准备了生鱼片等丰盛的日本菜肴来款待我们。

席间，内山嘉吉先生兴致勃勃地打开从家中带来的一个包袱。他说："我今天请你们看一样珍贵的东西。"包袱里包的是一个精美的纸盒，里面装着两本旧书，纸张呈黄褐色。然而那封面是多么的熟悉啊！一本是绛色，上面用黑字印着"呐喊""鲁迅"字样；另一本为橙色，上面印着陶元庆设计的图案和"彷徨""鲁迅"字样。一看就知道，这两本书是当年北新书局出版的鲁迅小说集《呐喊》和《彷徨》。

内山先生小心地翻开两本书的封面，扉页上鲁迅亲自用毛笔题写的诗句立刻把我们紧紧地吸引住了：

弄文罹文网，抗世违世情。积毁可销骨，空留纸上声。

自题十年前旧作以请山县先生教正

鲁迅（印）

一九三三年三月二日

于上海

寂寞新文苑，平安旧战场。两间余一卒，荷戟尚彷徨。

酉年之春书请山县先生教正

鲁迅（印）

查看 1933 年 3 月 2 日的鲁迅日记，他写道："山县氏索小说并题诗，于夜写二册赠之。"接着记述了在两本书中所题的诗句。无疑，这两本书正是鲁迅亲自题签赠给山县先生的《呐喊》和《彷徨》。谁能想到我们会在这里看到如此珍贵的革命文物！

山县初男是一位日本人士，早年当过军人，后任大冶矿山公司顾问。他爱好文学，曾从事中国小说的翻译工作。他在上海经过内山完造介绍，认识了鲁迅。鲁迅在 1930 年 6 月 15 日的日记中写道："晚，内山完造招饮于觉林，同席室伏高信……山县初男、郑伯奇、郁达夫共九人。"1933 年 3 月 17 日的日记写道："午后得山县初男君信，并赠久经自用的桌镫一具。"显然，这是山县初男对鲁迅先生赠书题诗的答谢。

鲁迅给山县初男题签的两本书，为什么由内山嘉吉先生收藏着呢？嘉吉先生告诉我们说，他是在一个偶然的机会得到这两本书的。

二战结束后，有一天，嘉吉先生在东京神田的旧书店街散步，看到一家书店门前摆着一堆书，内有《呐喊》和《彷徨》，翻开一看，不觉一惊，扉页上竟有鲁迅的亲笔题诗。经询问弄清，原来山县初男去世后，他的后人处理遗物，由于不了解情况，把包括这两本书在内的藏书出售给了旧书店。内山嘉吉深知这两本书的珍贵的历史价值，便买了下来。他回家后亲手制作了一个纸盒，把书装好，盒上用毛笔工整地写上"鲁迅署名本，呐喊，彷徨，嘉吉藏"字样。

内山嘉吉先生风趣地说："我能得到这两本书，算是与鲁迅先生有缘吧！"他告诉我们，这两本书平时绝不拿给别人看，今天由于中国客人来，才特意把它们拿出来。周海婴说："看到我父亲题签的书，这是我来日本访问的一大收获。"他对内山嘉吉先生精心保存与鲁迅有关的文物，表示衷心的感谢。

提起在神田町买旧书，我有许多值得回忆的往事。有一次，我买了一套 13 卷的汉和大辞典，回到北京后才发现其中一卷有许多漏印的白页。由于时过境迁，无法再回东京退换，只好自认倒霉。

这部辞典全名是《大汉和辞典》，由日本汉学界权威诸桥辙次编纂。据说，他从 1927 年到 1960 年历时 30 多年，收录了约 5 万个汉字，全书总页数达 1.5 万多页。可以说这位汉学家花费了他毕生的心血完成了规模最大的汉和辞典。在编辑过程中，1945 年 3 月东京遭受美军大轰炸，所有的资料化为灰烬。战后他重操旧业，终于完成了这一伟业，由大修馆（出版社）陆续付梓问世。

诸桥辙次生前我没有机会与他见面，但我从他的这部稀世的学术成果中获益匪浅。20 世纪 60 年代我在北京从事面向日本读者的月刊《人民中国》的翻译工作时，经常查阅这套辞典。因此，心想如果自己也能有这么一套大辞典，使用起来该有多方便啊！我在日本做常驻记者期间，正好赶上国内"文化大革命"，所以，顾不上也不敢想去买这套大辞典。我知道，这套大辞典后来经过不断修订，已经扩充了内容，成为 15 卷。但是，价格也变得不菲。1998 年，我作为访问学者受邀去日本三个月，回国前，我想到神保町去寻找这套辞典，终于在"大云堂"发现有一套，价格很合理，可以承受，同时又有一种怀旧感驱使我买了下来。店主给我开了一张发票，盖上图章，以示郑重。回国后不久，船运的辞典到了北京。一次，在一个偶然的机会翻阅辞典，发现第 12 卷是残品。事已至此，无法改变，我只有望"书"兴叹！我想，神保町的那位店主未必就想骗我，可能他不知情，而我也太粗心，当时未仔细检查过目，便把残书当成了好书。

神保町除了旧书店，还有五六十家出售新刊书的新书店。

铃兰大街上的三省堂、岩波书店、东京堂、书泉大厦等属于著名的大型书店。然而，三省堂和岩波书店都是由旧书店起家的。如今三省堂新建的六层大楼，每天人山人海。邻近的许多小书店店主颇感压力，一开始对此大为不满，但后来他们发现这个超级书业市场的存在，反而使这一地区更加活跃，不仅不影响生意，反而更加兴旺了。

岩波书店在日本也赫赫有名，特别是在知识界被誉为创造了"岩波文化"。它原来也是从旧书店干起来的，其创始人是岩波茂雄。1913年，他辞去神田高等女子学校教导主任一职，创立了这家书店。

1955年冬，郭沫若相隔18年率中国科学代表团重访日本，我是随团的一名翻译。未承想郭沫若与岩波茂雄之间还有一段动人的往事。

12月4日，郭沫若从游览胜地箱根离开后没有直接回东京。他在内山完造先生陪同下，驱车前往镰仓，为已故的岩波茂雄扫墓。当时我只有24岁，幼时曾生活在沦为日本殖民地的大连，因此，心存疑问：为什么要给一个日本人扫墓？岩波茂雄的墓在北镰仓的东庆寺。我们到达时，夜幕早已垂下，四周一片漆黑。下车后，看到岩波茂雄的儿子——岩波雄二郎和女婿小林勇等亲属以及经济学家大内兵卫博士、东庆寺方丈禅定法师等人等候在那里。在岩波茂雄墓前，郭老按日本习俗，从水桶里舀出一勺水，浇到石碑的顶部，然后静默片刻。岩波一家人立在一旁，注视着郭老的一举一动。扫墓毕，他们走到郭老跟前深深地鞠了一躬，连声道谢，并说："岩波茂雄在九泉之下，一定会对郭老为他扫墓而感到高兴。"

接着，我们被引进一间铺有榻榻米的屋内，大家围着一张小桌席地而坐。岩波一家人再次向郭老表示衷心的感谢，原来盘腿而坐的郭老，这时也按日本习惯重新坐好，郑重而又深情地说："岩波茂雄先生生前我没有见过。但是，承蒙他给我很多关照，我是很感激他的。18年前，我把家属留在日本，只身回国以后，岩波茂雄先生供我的孩子们上学，给了很多帮助。现在，两个孩子都从大学毕了业。大儿子叫和夫，在大连化学物理研究所做研究员，二儿子叫博，在上海工作。我应当向岩波茂雄先生致谢。"看得出，郭老讲这一席话时，是很动感情的。

听了郭老这番话，我才知道，原来郭老刚才是为一位他从未晤面的日本老朋友、恩人扫墓啊！这怎能不令人肃然起敬？

岩波茂雄生前虽未见过郭老，但他在 20 世纪 30 年代就从书报中了解郭老，知道郭老博学多才，在研究中国古代历史、金文、甲骨文方面独树一帜。郭老在日本时也常到岩波书店选书，但未与岩波茂雄有过言谈交往。不过，岩波茂雄在他主办的《思想》杂志上曾介绍过郭老的著作。

1937 年，抗日战争爆发，郭老只身回国参加民族解放斗争，留在日本的妻子安娜和 5 个孩子在政治上受到迫害，在经济上处于极端困难的境地。就在安娜被日本宪兵带走，一家人走投无路时，岩波茂雄专程赶到千叶县须和田郭老的住处，看望了郭老的孩子们。之后，表示孩子们上学和家庭的费用都由他负担。在当时，供 5 个孩子读书是何等不容易啊！何况还要蒙受"通敌""卖国""非国民"的罪名呢！然而，岩波茂雄毫不犹豫地挑起了这副重担。郭老曾对孩子们说，"知遇之恩不能舍，哺育之情不能忘"，教育孩子为中日友好做出贡献。

岩波茂雄 1946 年与世长辞。逝世前，他留下遗嘱，要后人把岩波书店每月出版的各种书刊分别赠给 5 个中国单位，还要他们到中国去看看。

正在郭老与岩波茂雄的后人交谈时，东庆寺方丈禅定法师从另一间屋子端出了笔墨砚台和斗方，要求郭老挥毫。郭老拿起笔，边泼墨边思索，然后挥笔写了下面一首诗：

生前未遂识荆愿，

逝后空余挂剑情。

为祈和平三脱帽，

望将冥福裕后昆。

于东庆寺

　　郭老在第一句里用了一个典故"识荆"。这典故出自唐李白《与韩荆州书》。韩朝宗曾为荆州长史，喜识拔后进，为时人所重，"识荆"后被用作闻其名而初识面的敬词。"生前未遂识荆愿"，是说岩波茂雄先生生前郭老未实现与他见面的愿望。

　　第二句"挂剑"也是一个典故。春秋吴国公子季札出使鲁国，路遇徐君。徐君很喜欢季札的宝剑，但不便说出口。季札看出了他的心思。后来，季札回国时又路过那里，但那时徐君已经故去。于是，季札把那宝剑解下，挂在徐君墓的树上。郭老借用这个典故，表明他对岩波茂雄先生的感激之情。但郭老这次访日，岩波先生却已不在人间了。

　　后两句，是说郭老在岩波先生墓前祈念世界和平，并希望他的子孙能够获得幸福。

　　郭老挥毫的这张斗方，为方丈所珍藏，而岩波茂雄的后人却没有得到。1967 年，岩波茂雄的儿子岩波雄二郎访问北京时，恳求郭老挥毫重录 1955 年 12 月 4 日晚在镰仓东庆寺写的那首诗，以作传家之宝。郭老欣然答应，但写时改了后两句：

生前未遂识荆愿，

逝后空余挂剑情。

万卷书刊发聋聩，

就中精锐走雷霆。

　　"万卷书刊发聋聩，就中精锐走雷霆"这两句，显然是对岩波书店出版工作的高度赞扬和鼓励。依我之见，郭老改动后两句，除了考虑押韵外，还与1967年中国的历史条件和社会背景不无关系。因此，在相隔12年后郭老重录那首诗时没有照录，是完全可以理解的。

　　现在，人类已进入数字化、信息化、智能化的新时代，互联网、手机、电子书籍等深入人们生活的各个方面。从此，获取信息、收集资料等，不必通过纸质书籍和报刊；而购买旧书，也不一定非到旧书店不可，通过网购也十分便捷。于是在日本，人们自然会提出这样一个问题：在当今书业普遍衰落的情况下，旧书店还有存在的必要吗？为什么旧书店仍兴旺不衰？

　　答案是：东京神保町的旧书店可能还会继续存在。尽管实体书受到数字化的严重挑战，但神保町旧书店街的这道亮丽风景线不会改变，因为它延续了日本人的精神世界，它具有独特的文化魅力，日本人从中感受到的是历史，是平民百姓的人情味，是心灵上抹不去的一种怀旧感。

东京神乐坂文学巡礼

"神乐坂"，是东京一条富有文化气息和具有浓厚文学风味的商业街。

它不是通衢大道，而是一条不大的坡路。"坂"，在日语中就是"坡"的意思。为什么叫"神乐坂"，说法不一。其中一说是从前在这条坡路上方的神社演奏日本传统的神前歌舞——"神乐"时，在"坡"上可以听到奏乐声，便由此得名。它位于东京新宿区的东北部，距离有名的饭田桥和水道桥车站比较近。

江户时代，神乐坂曾是武士们的宅邸和寺院、神社的集中地。到了明治中期变成商业区。1923 年关东大地震后，又逐渐发展成为艺伎出没的料亭（日式高级餐馆）街。不仅如此，由于这条街开了好几家西餐馆，有一点异国风情，这条街又有"东京小巴黎"的美称，二战末期，曾遭到美军大规模轰炸，整个神乐坂变成一片瓦砾。战后经过几十年重建，再度发展成为商店街，但仍留有许多饮食店、料亭和寺院。

1998 年春，我受日本国际交流基金会邀请，从 3 月下旬到 6 月下旬作为访问学者对日本进行考察，那时就住在神乐坂 3 丁目（3 号街）的一栋公寓里。在那里，人们告诉我：神乐坂一带是颇有情趣的地方。原因之一，是明治、大正到昭和年间，这一带与夏目漱石、石川啄木、尾崎红叶等日本著名文人有千丝万缕的联系。

一

先谈谈日本近代文学巨匠、小说《我是猫》的作者夏目漱石（1867—1916）。

夏目漱石出生于江户（今东京）牛込马场下横町，他的奶娘是神乐坂一家理发店——"平野屋"的主妇。明治13年（1880），由于火灾，夏目家原来的住房被焚，便搬到肴町，即现在的神乐坂5丁目住过一段时间。及至夏目漱石长大，神乐坂这条繁华街更成为他频繁活动的一个场所。这一点，从他的书信、日记和作品中可以得到证实。

有人说，神乐坂是夏目漱石的"摇篮"，夏目漱石把他在神乐坂、牛込的各种体验糅在他的小说里，增加了故事的真实感和生活气息。例如，《我是猫》《哥儿》《其后》《野分》和《坑夫》中，都有关于神乐坂和牛込的描写。夏目漱石以他在爱媛县松山市当中学英文教师的体验为素材写的名著《哥儿》（发表于明治39年），设定主人公"哥儿"毕业的那所东京物理学校，就是今天仍存在于神乐坂口的东京理科大学。书中有一段描写"哥儿"在松山市街道散步的情况，他写道："大街，我也看了。路宽只有神乐坂的一半。街面的房屋排列，要比那里差。虽说松山曾是吃十五石俸禄的大名（王侯）所在地，也不过如此。"初到一个新地方，不知不觉间拿自己的故乡，拿自己热爱和熟悉的地方去进行比较，这是人之常情。"哥儿"虽然离开东京，到了地方，但他衡量都市的那把尺子仍是东京，而且是他度过学生时代的神乐坂。此外，夏目漱石在《哥儿》和《其后》中还生动地描写了神乐坂的毗沙门天善国寺的庙会情景。如果他没有亲身经历，是写不出来的。

夏目漱石年轻时非常喜欢曲艺，特别是喜欢听"落语"（日本的单口相声）和"讲谈"（说书，日语也称"讲释"）。他热衷曲艺，是从十四岁到二十五六岁时。他曾住过的神乐坂 5 丁目，那附近有几家演出场地——"鹤扇亭""牛込亭""和良店亭"，步行只需两三分钟便可到，非常方便。他曾说："我很喜欢'落语'，常前往'和良店亭'去听。说来我小时候，更喜欢听'讲谈'。东京的说书馆，差不多我都去过。我哥哥他们特爱玩儿，我自然也就喜欢上'落语'和'讲谈'。"如今，这些说书馆随着时代变迁，早已销声匿迹。

我们再来看夏目漱石的信件和日记，他在记述中也经常提到神乐坂。

明治 24 年（1891）7 月 9 日夏目在致他的朋友、俳人正冈子规的信中说："上个月 30 日冒着阴沉的天气由早稻田前往歌舞伎座，先是不花钱溜溜达达散步到神乐坂，然后乘车（注：当时是人力车）……"

明治 40 年（1907）后，夏目漱石迁至早稻田南町居住。附近的神乐坂，便成为他经常散步、购物和治牙的地方。

夏目在日记中写道：明治 42 年（1909）3 月 14 日（星期日）："风不止。近 12 时，下了电车去神乐坂。两旁人家的纸糊拉门忽然作响。我以为是风刮的，正在这时从一户人家跑出一个男子，抱着孩子，喊道：'大地震！'……"

同年 3 月 25 日（星期四）："去神乐坂理发。购松树盆栽并君子兰。"

同年 4 月 4 日（星期日）："去寺町（通寺町，现神乐坂 6 丁目）购木屐。……演艺场写着清国留学生谨演，正在为慈善事业演戏。"

同年 6 月 6 日（星期日）："雨，去看牙医，拔掉神经。归途，沿寺町散步。"

同年 7 月 21 日（星期三）："晴，风爽。午后去神乐坂参观绘画展览。展出的是西洋人的画和一些临摹西洋人的画。有的画颇有趣。"

明治44年（1911）7月11日（星期二）："烈日炎炎，近乎难熬。坐在藤椅上，昏昏沉沉地睡着。傍晚，带着荣子、爱子和纯一到神乐坂去散步。在冷饮店吃冰激凌。纯一说，他要吃冰小豆粥。在玩具店，荣子买了金属的小床，爱子买了洋娃娃，纯一买了飞机。此飞机，店方说保证能飞，但根本飞不起来，翌日即破损。"

我本人在神乐坂一带闲逛时，脑中常常浮现出夏目漱石的形象。我根据史料的记载，做了种种联想：也许这一带就是夏目漱石曾经散步过的地方，也许这就是他在某部作品中提到的那家店铺，等等。当我知道离神乐坂不远处有一座漱石公园时，便与妻子一道前去寻找。1998年5月15日上午，我们步行，由神乐坂经牛込，北行到弁天町，不一会儿在早稻田南町7号处看到一块小小的石碑，上面写着"漱石公园"字样。公园不大，园内翠绿欲滴，盛开的红色杜鹃花格外引人注目。这里是"漱石终焉之地"。也就是夏目漱石在其晚年——从明治40年（1907）9月29日至大正5年（1916）12月9日逝世为止——居住过的被称为"漱石山房"的地方。夏目漱石的代表作《坑夫》《三四郎》《其后》《门》以及未完成的《明暗》都是在"漱石山房"写的。公园中央矗立着夏目漱石的胸像，台座上刻有夏目亲笔写的"则天去私"四个字和他的两首俳句。胸像旁边还立了一座石塔——"猫冢"，我原以为葬的是小说《我是猫》的主人公——无名的猫，但看了说明才知道不是。这多少令我感到遗憾。这座公园是新宿区教育委员会修建的，现在被指定为历史遗迹。

说到这里，我想就小说《我是猫》的书名，多说几句。

夏目漱石的名著《我是猫》，日文原文是《吾輩は猫である》。这一书名在中国通常被译作《我是猫》。当然没有错。但仔细想来，似乎不那么传神，也不十分贴切。为什么呢？这需要从这部小说所描写的背景和作者的写作动机来加以考察。

《我是猫》是夏目漱石的第一部成功作，发表于明治 38 年（1905）。作者在小说中借用混进家中来的一只没有名字的流浪猫，通过它的眼睛来观察、批判和讽刺明治维新以来的日本社会现实。作品中的苦沙弥先生，实际上是夏目漱石为了自嘲而刻画的一个形象。他跟周围的一些知识分子以清高自诩，鄙夷和憎恶当时社会上存在的拜金主义俗物和伪君子，而苦沙弥先生同时发现在他自己身上也同样存在为他所深恶痛绝的那些俗物和伪君子的陋习沉疴。不消说，这一切都给作为旁观者的"猫"提供了嘲笑、讽刺的材料。从根本上说，这部小说嘲讽和揶揄的，正是当时日本出现的那种只学西方皮毛的所谓"文明开化"。因为这种"文明开化"把日本固有的封建文化与西方文化畸形地结合起来，使社会生活出现了许多流弊。

小说的题目，取自开篇第一句话："我是猫，名字还没有。"

应该说，开宗明义，第一句话就告诉读者：小说的主人公是一只猫，而不是人；这只猫所使用的第一人称是日语的"吾輩"（wagahai），而不是别的（日本的第一人称非常丰富，说法很多，使用时因人而异，又因场合的变化而有所不同）。整部小说的写法，采取的是"吾輩"自述的形式。这就使我们不能不思考一个问题：为什么夏目漱石让这只猫称呼自己时不用其他第一人称，而偏偏使用"吾輩"呢？

说到"吾輩"一词，在诞生这部小说的那个年代，是日本一些大人物如大臣和将军（他们常常在鼻子下蓄着像猫一样的胡须）喜欢使用的第一人称。特别是他们在发表演说时，摆出一副自命不凡的架势，自称"吾輩"（wagahai），表现尊大和与众不同。由于"吾輩"含有尊大的意思，所以后来为一般成年男子在表现尊大或半开玩笑时使用。

　　既然"吾輩"不同于日语中的其他第一人称，容易使人联想到讲话人是个了不起的大人物。因而读者看了小说的第一句话"吾輩……"时，自然会想起讲故事的人可能就是这样一位了不起的大人物，不免要肃然起敬并正襟危坐，准备洗耳恭听。但紧接着"吾輩"后出现的却不是什么伟人，而是"猫"。反差如此之大，不能不使人感到意外。不仅如此，接下来，这个"吾輩"又告诉读者"名字还没有"，从而表明"吾輩"实际上是一个连名字也没有的小小存在。这就是日语"吾輩"这个人称代词在这里发挥的巨大作用。这很像我们听相声，听到结尾处，演员甩出"包袱"，使听众感到意外和滑稽可笑。

　　我们可以说，夏目漱石在写这部小说时有意识地做了这样的安排，以增强作品的艺术效果。

　　因此，我们不能不承认书名《我是猫》这个译法并不是十分理想的。我认为译作"我是猫"，就如同英文本译为"I am a cat"一样，平庸无奇，毫无味道，根本不能体现作者的意图。

　　然而，翻译又是一个很棘手的问题。如果照搬汉语的"我辈"，译作"我辈是猫"或"吾辈是猫"，显然不合适。因为汉语的"我辈""吾辈"，意味着"我们""我等"，不能表达日语的"吾輩"的意思。

　　怎么办呢？我想起了一个词——"咱家"。查阅《新华字典》（商务印书馆，1962年修订重排本），"咱家"的释义为"我（含有自高自大的口气）"。《现代汉语词典》的"咱家"的释义为"我（多见于早期白话）"。最近出版的《汉语大词典》（上海辞书出版社，1986年11月版），"咱家"一词解释为"我。……清孔尚仁《桃花扇·抚兵》：'咱家左良玉，表字昆山'。"由此，我又联想到京剧《法门寺》中贾桂的一句台词。在剧中，明代宦官刘瑾在法门寺指责断错人命案的郿邬县的县太爷。站在一旁的太监贾桂狐假虎威用讽刺的口吻对郿邬县的县太爷说："这话又说回来了，你既然瞧不起千岁爷，还瞧得起咱家我（故意念成 wai）吗？"这里的"咱家我"一词，含有尊大的意思，整句台词，居高临下，咄咄逼人。于是，我想，夏目漱石这部小说的书名，可否译成"咱家是猫"或"咱家我是猫"？虽然这种译法也未必令人十分满意，但也许比单纯地译作"我是猫"，更有那么一点味儿，或者说更能传达那么一点神韵。

下面，试把这部小说开篇的一句话用三种译法译出，并做一对比：

1. 我是猫，名字还没有。
2. 咱家我是猫，名字嘛，还没有。
3. 咱家是猫。芳名嘛，还没有。

我以为，从上述三种不同译案的对比中可以看出，还是第二、第三种译法更接近原文，更能传神，更显得俏皮些。

当然，我知道，除此之外，还有其他一些主张。例如，我的老朋友、前朝日新闻社一位通晓汉语的日本记者田所竹彦先生给我来信说："'咱家是猫。芳名嘛，还没有。'这一译法颇有意思，而且比一般的译法要好。但是小说中的猫，似乎是苦沙弥先生的分身，而且带有书生气。在明治时代，旧制高等学校的学生那种程度的人也称自己为'吾辈'，因此，称'咱家'是否太俏皮了？按我的语感，那句话建议译作'老子是猫，大名嘛，还没有。'如何？但是，作为中文是否合适，我没有把握。"

从我本人来说，衷心希望在这一方面能有更好的译案出现。但倘若找不出新译案，而"我是猫"这一译法已约定俗成，那么沿用旧译，当然亦无不可。

约定俗成的力量是可怕的，所以，把世界性的大辞典已经定为"我是猫"的译法硬要改为"咱家是猫"，无疑是一次大革命，非同小可。

二

住在神乐坂，一个偶然的机会我发现了一家老字号的文具店，叫"相马屋"。未承想，这家文具店竟与那些著名文人也有密切关系，这引起我极大的兴趣。

"相马屋"在善国寺对面，距今已有 350 多年的历史。它最早自己抄纸，自己贩卖。据说，在江户时代末期，有一天三个武士慕名来到"相马屋"，要求把它生产的"美浓纸"（原产岐阜县的一种厚且坚韧的和纸）送 50 帖到江户城。明治维新后，宫内厅与"相马屋"建立了联系，直至二战前以及战后，它所用的和纸都由"相马屋"调拨。"相马屋"虽然出售各种纸张，但在文人中最出名的，要算是稿纸了。这种稿纸，在很长时间内是用木版印刷的：格子是粉红色的，质量高，很好写。后来，木版改为活版印刷。我出于好奇心，有一天，到"相马屋"去购买稿纸，想要进一步了解个中情况。

"相马屋"，店面不算大。进去后往里走，在一个玻璃柜台里，放着几种稿纸。稿纸的右下角用小字印有"相马屋"字样。我挑选了 500 张一本的。就在我购买稿纸时，发现柜子里摆了两本翻开来的书，仔细看，一本是《石川啄木全集》第六卷的日记部分，另一本是永井荷风的《断肠亭日乘（下）》。他们在日记中都提到"相马屋"。店员看我很感兴趣，便主动地复印了一份送给我。

石川啄木（1886—1912），是日本东北岩手县人，原名石川一。石川啄木是他的笔名，并以此名传世。他是一位早熟的天才歌人、诗人、评论家，1905 年发表了第一部诗集《憧憬》，被誉为少年诗人。他早期受明星派浪漫主义诗风的影响，后来又致力于自然主义小说的写作。歌集《一握砂》（1910）和《可悲的玩具》（1912），诗集《叫子和口哨》（1913）以及评论《时代闭塞的现状》（1910）等，都是他的代表作。

1910 年日本政府阴谋策划了一起所谓"大逆事件"，以明治时代的思想家、社会主义者、无政府主义者幸德秋水等人要暗杀天皇为借口，将百余名革命者投入监狱，最终 24 人被杀，其余人判处监禁。这一"事件"有其深刻的历史背景和政治目的，简言之，这一阴谋是日本统治阶级为了镇压蓬勃兴起的无产阶级运动而精心策划的。以"大逆事件"为转折点，贫病交加的石川啄木开始趋向社会主义思想，同情革命，决心要改变社会的不合理现象，为社会和人民而写作。

纵观石川啄木的歌集，他在文学上开创了日本短歌的新时代。在内容上使短歌这一古老的文学形式与日本人民的现实生活相联系，冲破了注重表现风花雪月的那种传统的狭隘题材。他用现代口语来写短歌，在形式上也有创新，打破了三十一个音一行的传统形式，创造出三十一个音三行的独特格式。由于歌词新颖、意象生动而一举成名。他一生坎坷，26 岁就英年早逝。

石川啄木有很多脍炙人口的短歌，其中一首，反映了他生活的困苦：

> 劳作复劳作，
> 日子仍穷苦，
> 总让人发愁，
> 凝视我双手。

石川啄木 1912 年 1 月 30 日在日记中写了他去"相马屋"买稿纸的

情况："今天午后，节子（夫人）带孩子到本乡去购物，把我那件应翻新的衣服也从当铺里赎了回来。好久没有给孩子买东西了，便买了玩具、兜子等，孩子很高兴。

"吃罢晚饭，我以非常冒险的心情，坐上人力车到神乐坂的相马屋购买稿纸。归途，到一家书店花二圆五十钱买了一本克劳泡特金的《俄罗斯文学》。冷，是真够冷的，但不觉得怎样。

"书、纸、笔记本、车费，总共花了四圆五十钱。每天过着没有钱的日子，偶尔有了钱，也舍不得花。但又要违心地去花！这种心情，使我感到悲哀。"

石川啄木就在这一年的 4 月 13 日，也就是写这段日记的两个半月后离开了人世。

人们告诉我，日本唯美主义作家永井荷风也与"相马屋"有联系。虽然永井在《断肠亭日乘（下）》中没有说他去"相马屋"买稿纸，但提到了"相马屋"。昭和 19 年（1944）2 月 28 日他写道："听说户冢町的一言堂有很多法文书籍，中午过后便出门去神乐坂。红屋、田原屋、相马屋等老字号的铺子都已打烊。骤然起风，尘埃蔽天。……"此外，据说著名作家尾崎红叶、森鸥外、坪内逍遥等人都使用过"相马屋"的稿纸。东京驹场的近代文学博物馆里就收藏有坪内逍遥使用"相马屋"的稿纸写的原稿《大地震与艺术的未来》。

随着科技的进步，"相马屋"出售的商品也发生了变化。为了适应当今办公自动化的大趋势，店里增添了这一方面需要的纸张。同时出售年轻人喜爱的小工艺品，特别是女学生们喜爱的带装饰的文具和人偶等。由于橱窗里摆的净是这些小玩意儿，最初我从"相马屋"前走过时，还以为这是一家工艺品店。

三

说起文人与神乐坂的关系，不能不提到 19 世纪末开创了日本"观念小说"先河的泉镜花。有一天，我在公寓门口碰上了对过的宫下老太太。她告诉我她出生在神乐坂，并说每年夏季——7 月过盂兰盆节时，神乐坂的人们都到街上跳阿波舞，连着跳三天三夜，好不热闹。我说，据传神乐坂也是明治、大正时期文人经常活动的地方。宫下老太太说："是的，泉镜花就曾经住在这附近。""噢，原来泉镜花也跟神乐坂有关。"

泉镜花，我虽然过去知道他的名字，但并不熟悉他的生平。于是，我开始做了一番了解。他是日本近代文学"砚友社"后期作家，1873 年出生于濒临日本海的石川县金泽市。他 16 岁时读了尾崎红叶的小说，着了迷，立志从事文学，17 岁便进京要拜尾崎为师，但尚无足够的勇气。那时，尾崎红叶住在牛込（现在的神乐坂）的横寺町。直到一年后泉镜花才被尾崎红叶允许做了他家的一个看门的。泉镜花为了生计，在这一年里，辗转于东京的浅草、神田以及镰仓等地，投靠亲友，寄人篱下，生活极为艰难。同时他也因此了解了下层劳动人民的生活，逐渐在心中形成了对上层阶级的伪善、虚荣的不满和反抗情绪。他的成名作是 1895 年，即他 22 岁时发表的《夜间巡警》和《外科病室》。这两部短篇小说被当时蜚声文坛的评论家岛村抱月称为"观念小说"的代表作。翌年，他发表了讴歌青年男女间纯洁爱情的中篇小说《照叶狂言》，赢得了很高的声望。泉镜花 26 岁时出席"砚友社"在神乐坂"料亭"举行的新年会，认识了艺伎"桃太郎"，她便是后来的泉镜花夫人阿铃。泉镜花 30 岁（1903）时，由牛込的南夏町迁移至牛込神乐坂 2 丁目 22 番地。这时，他已与铃夫人同居。但是，由于遭到老师尾崎红叶的叱责，被迫分居。1907 年，泉镜花 34 岁时发表的长篇小说《妇系图》的前半部分，就是根据他的这段经历和体验写的。牛込和神乐坂，对于泉镜花的人生来说，确实具有极为重要的意义。在文学上，泉镜花以他那富有浓厚的浪漫主义、唯美主义特色的创作方法以及具有独特性的精湛语言艺术，丰富了日本文学。可以说，他的文字极尽绚烂美丽之能事，在韵文方面与著名诗人北原白秋相并列，成为把近代日本文学的日语表现力发挥得淋漓尽致的一位作家。

四

我在本文开首曾说过，神乐坂一带向来以饮食店多而著名。既有被称为"料亭"的高级日本饭馆，又有面向大众的出售日本料理的小饭馆；既有西餐馆，又有中餐馆。在西餐馆中最有名的，要算是"田原屋"了。这"田原屋"也是文人和演艺界人士经常光顾的地方。文人中有夏目漱石、菊池宽、佐藤春夫、永井荷风等，演艺界人士有十五代羽左卫门、六代菊五郎、水谷八重子等。据说，前述剧作家岛村抱月与演过《玩偶之家》的娜拉的女优松井须磨子曾经在这家餐馆谈过恋爱。说到松井须磨子，我想起 2016 年 9 月，在北京菊隐剧场观看了日本著名影视演员、曾经出演过影片《望乡》主角的栗原小卷女士演出的独角戏《松井须磨子》。田原屋很别致，楼下是水果店，楼上是西餐馆。我向店主要了一份文字材料。据介绍，它已有 100 多年的历史。最早是明治中期在神乐坂一带开的一家牛肉火锅店。到了大正 3 年（1914），移至现在的地方。它的经营之道是保证质量，不提价，让顾客满意。

东京神乐坂，在一些日本人眼中是他们的"心灵故乡"。有人说，居住在东京而未去过神乐坂，会因为错过那条文化街所具有的魅力而感到遗憾。像我这样在那里住过一个时期，好像每天都会有新的发现。而对于那些旅行者来说，他们曾游览过神乐坂，如今离开了那里，会不会时时地去想念它呢？

鲁迅与藤野严九郎的师生情

　　仙台，是日本东北宫城县首府，蜿蜒的广濑川穿过市街，流入太平洋。市区西部，是绿荫覆盖的青叶山。这里曾是当年鲁迅求学和生活之地。鲁迅从 1904 年 9 月到 1906 年曾在仙台医学专门学校（后来的日本东北大学医学部）留学。

　　20 世纪初叶，中华民族处于危亡之秋，中国大地笼罩在国民党反动派的白色恐怖中。日本帝国主义者早就窥觎我国东北，蠢蠢欲动。鲁迅在来仙台前，1903 年 10 月曾在《浙江潮》第 8 期上发表论文《中国地质略论》，对包括日本在内的列强侵略、瓜分中国的行为感到非常痛心，力求促使同胞惊醒奋起。

　　为了寻求救国救民的真理，21 岁的鲁迅于 1902 年东渡日本。据日本著名鲁迅研究家、东京大学名誉教授丸山升掌握的材料，鲁迅于 1902 年 1 月在南京江南陆师学堂附属矿物铁路学堂毕业后，作为留学生被派往日本，4 月到达日本，随即上了东京的弘文学院。弘文学院是日本当局为了对清国留学生进行日语和基础课程教育，于当年刚刚创办的。校长是东京高等师范学校校长嘉纳治五郎。1904 年 4 月，鲁迅从普通速成科毕业后，9 月便上了仙台医专。丸山升认为"本来（鲁迅）应该上东京帝国大学工业系采矿工学专业，据说选择医学是他自己的意愿。作为选择医学的动机，鲁迅本人的解释是，通过他父亲生病时的体验，认为中医不可信，他还列举了新医学在日本明治维新时期发挥了很大的作用"。

仙台，对鲁迅而言是一个转折点，也是一个新起点。或者说，仙台给鲁迅打开了一扇了解世界的窗口，他对日本社会的诸多体验也在这里形成，并影响了他的一生。

鲁迅留学时，跟现在不同，没有学生宿舍。所以首先必须寻找供学生住宿的家庭式的"公寓"，鲁迅称之为"客店"。经医专职员的介绍，鲁迅最初落脚在医专附近的片平町 54 番地的姓田中的一家，但不久迁居于片平町 52 番地的佐藤喜东治家。这一家，通称"佐藤屋"。佐藤曾是仙台藩的下级武士，俸禄为 8 俵大米（俵为装米的草袋，每俵为 60 公斤）。"佐藤屋"的一楼，租给了一家为监狱尚未判刑的犯人提供伙食的饭庄。二楼是"公寓"。房前是一条马路，对面是监狱署，里面关押着尚未判刑的犯人。后面有个院子，两侧是陡峭的悬崖，崖下，广濑川缓缓地流过。鲁迅曾经写过，"我先是住在监狱旁边一个客店里的"，"饭食也不坏。但一位先生却以为这客店也包办囚人的饭食，我在那里不相宜，几次三番，几次三番地说。我虽然觉得客店兼办囚人的饭食和我不相干，然而好意难却，也只得别寻相宜的住处了。于是搬到别一家，离监狱也很远，可惜每天总要喝难以下咽的芋梗汤"。据认为，文中所谓的"一位先生"，就是藤野严九郎先生。新家可能是位于土樋的宫川信哉家。那一带是安静的住宅区，在去往广濑川的半坡上，学者、教师和诗人居住的较多。但看来，鲁迅对那里的伙食不甚满意。

鲁迅在仙台医专学习期间，正值日俄战争。鲁迅到达仙台的那一年，日本宣布开战。这是明治维新后勃起的日本与老牌的沙俄两个帝国主义国家在中国土地上进行的一场你死我活的争夺战。鲁迅是 9 月初到仙台的，当时仙台也是一片战争气氛。日本在甲午战争中得手后，趾高气扬，不可一世，作为甲午战争的继续，悍然发动了与大国俄罗斯的战争。尽管在日俄战争中，日本初战告捷，但难以突破旅顺防线，战局陷入了僵持局面。当时，仙台有 2 万户，10 万人口，乃是居日本第 11 位的中等城市，它成为承担大约 1 万名士兵的军都，整个仙台是一片战争气氛。当时的日本形成自上而下、举国一致的战争推进体制。市内 2 万户中，由于已经实行征兵制，出征户大约 1000 户。日本攻陷旅顺（1905 年 1 月）后不久，曾有一批俄军俘虏被送到仙台。仙台不仅经常组织市民举行出征士兵的欢送会或祝捷会等，就连鲁迅寄宿的那家主人佐藤喜东治也担任了街道游行队伍的主管人员。但随着战争的进展，日方的伤病员逐渐多了起来，医院也要不断增加，在这种情况下，仙台医专受到战争影响，教师和部分学生被卷了进去。

那个时候在日本，中国被视为任人宰割的弱国。日本有些人受军国主义教育影响，对中国人持有民族偏见，但是，仙台医专解剖学教授藤野先生却对他的第一个中国留学生鲁迅，倾注了极大的热情与关心，给予他很多帮助。这给鲁迅留下了极为深刻的印象。对此，鲁迅在《朝花夕拾》的《藤野先生》一文中曾有过生动的描述。我手头现在有一本20 世纪 50 年代初在北京一家旧书店购得的民国二十九年（1940）10 月15 日由"鲁迅先生纪念委员会刊行，鲁迅全集出版社出版"的单行本《朝花夕拾》，版权页上盖有鲁迅的印章。我一直把它视为十分珍贵的收藏品。我是第一次从这本《朝花夕拾》的《藤野先生》中读到这一段描述的：

　　解剖学是两个教授分任的。最初是骨学。其时进来的是一个黑瘦的先生，八字须。戴着眼镜，挟着一叠大大小小的书。一将书放在讲台上，便用了缓慢而很有顿挫的声调，向学生介绍自己道：

"我就是叫作藤野严九郎的……"

后面有几个人笑起来了。

这藤野先生，据说是穿衣服太模糊了，有时竟会忘记带领结；冬天是一件旧外套，寒颤颤的。有一回上火车去，致使管车的疑心他是扒手，叫车里的客人大家小心些。

藤野先生担心初到日本的鲁迅不能记好听课笔记，每星期都把鲁迅在课堂上抄的讲义收去，细心地从头到尾用红笔添改，"不但增加了许多脱漏的地方，连文法的错误，也都一一订正"。这使鲁迅十分感激，甚为不安。虽然藤野先生担心鲁迅的听写能力，但据仙台鲁迅记录调查会的渡边襄撰写的文章反映，"在仙台医专时，鲁迅上课很认真"，他在到仙台一个月后给故乡亲友蒋抑卮写的信中写道"幸好教师语言尚能领会"。而"同学们也没有感到鲁迅的日语表达有什么困难"。当时藤野先生批改的鲁迅听课笔记，一度传说由于搬家而丢失，但实际上并没有丢失，现保存在北京鲁迅博物馆。这些笔记，是把医专课程中的 13 门课的课堂笔记合订成 6 册，即《脉管学》《有机化学》《五官学》《组织学》《病变学》《解剖学》，还附有鲁迅所写的课程名称。藤野先生批改得最详细的是他亲自讲授的《脉管学》，连他不担任的课程也做了批改，批改使用红、黑、蓝、紫等颜色的笔。但有的老师查阅课堂笔记后指出，"鲁迅画图画得非常好；按学了两年左右的日语来说，表达相当准确"，又说："藤野先生的批改有些过分，那时鲁迅是否有过反感？"关于这一点，鲁迅在《藤野先生》一文中写道：

过了一个星期，大约是星期六，他使助手叫我了。我到研究室，见他坐在人骨和许多单独的头骨中间，——（略）

"我的讲义，你能抄下来吗?"他问。

"可以抄一点。"

"拿来我看!"

"我交出所抄的讲义去，他收下了，第二天便还我，并且说，此后每一星期要送给他看一回。我拿下来打开看时，很吃了一惊，同时也感到一种不安和感激。原来我的讲义已经从头到末，都用红笔改过了。（略）这样一直继续到教完了他所担任的功课：骨科、血管学、神经学。

可惜我那时太不用功，有时也很任性。还记得有一回藤野先生将我叫到他的研究室去，翻出我那讲义上的一个图来，是下臂的血管，指着，向我和蔼的说道：

"你看，你将这条血管移了一点位置了。——自然，这样一移，的确比较的好看一些，然而解剖图不是美术，实物是那么样的，我们没法改换它。现在我给你改好了，以后你要全照着黑板上那样的画。"

但是我还不服气，口头答应着，心里却想道：

"图还是我画的不错；至于实在的情形，我心里自然记得的。"

然而，在当时仙台的那种"蔑视中国"的气氛中，鲁迅也遇到过十分不愉快的事情。一年级时，公布鲁迅的学习成绩，7个科目平均为65.5分，在142名学生中排第68名。然而，在一部分日本学生中却谣传藤野先生把考试题事前泄露给了鲁迅。当然，这是毫无事实根据的。有同学分析，所谓"试题泄露事件"是不及格的学生出于嫉妒的恶作剧，也可能是出于对藤野先生的恶意。对于鲁迅来说，这不是一个简单的、毫无事实根据的谣言，而是一个无法忍受的屈辱事件。鲁迅愤然地写道："中国是弱国，所以中国人当然是低能儿，分数在60分以上，便不是自己的能力了：也无怪他们的疑惑。"

后来，鲁迅认识到仅靠学医并不能医治当时中国人的精神状态，最重要的还是改变人们的思想，便弃医从文，以文艺为武器来唤醒人们的觉悟。其关键是"幻灯事件"。当时，在课堂教学中，如时间有富余，就给学生放映日俄战争的时局幻灯。这是根据日本政府文部省下达的"忠君爱国、鼓舞节操的精神"采取的措施。鲁迅在《藤野先生》中就写了一段日军处死中国人俄探的幻灯事件。

　　我接着便有参观枪毙中国人的命运了。第二年添教毒菌学，细菌的形状是全用电影来显示的，一段落已完而还没有到下课的时候，便影几片时事的片子，自然都是日本战胜俄国的情形。但偏有中国人夹在里边：给俄国人做侦探，被日本军捕获，要枪毙了，围着看的也是一群中国人；在讲堂里的还有一个我。

　　"万岁！"他们都拍掌欢呼起来。

　　这种欢呼，是每看一片都有的，但在我，这一声却特别听得刺耳。此后回中国来，我看见那些闲看枪毙犯人的人们，他们也何尝不酒醉似的喝彩，——呜呼，无法可想！但在那时那地，我的意见却变化了。

到了第二学年的终结，鲁迅向藤野先生辞行。对于鲁迅的走，藤野先生表示惋惜，他脸带"悲哀""凄然"；在鲁迅走前几天，特意把鲁迅邀到家里，送给他一张照片，满怀深情地在后面写着"惜别""谨呈周君"几个字，并希望鲁迅以后送给他照片，还叮嘱鲁迅时时通信。

鲁迅与藤野先生分手以后，时刻怀念这位日本老师。1926年鲁迅在《藤野先生》一文中写道："在我所认为的我师之中，他是最使我感激，给我鼓励的一个"，"他的性格，在我的眼里和心里是伟大的"。当鲁迅已经成为"中国文化革命的主将"，写了许多震撼过整个中国大地的文章时，他仍把藤野先生送给他的照片挂在寓所的书桌对面的墙上，作为激励自己继续前进的动力。鲁迅怀着感激的心情写道："每当夜间疲倦，正想偷懒时，仰面在灯光中瞥见他黑瘦的面貌，似乎正要说出抑扬顿挫的话来，便使我忽又良心发现，而且增加勇气了，于是点上一枝烟，再继续写些为'正人君子'之流所深恶痛疾的文字。"

鲁迅在晚年给日本朋友写信时，也多次提到藤野先生，打听他的下落，但一直杳无音信。1934 年，鲁迅的学术巨著《中国小说史略》的译者增田涉计划出版《鲁迅选集》时，曾写信征求鲁迅的意见，应该选哪些文章。鲁迅回信说：选什么文章"请全权办理"，"只有《藤野先生》一文，请译出补进去"。这表明鲁迅对他的这位日本老师情感之深。1936 年，增田涉去上海探望鲁迅的病时，鲁迅还念念不忘地问起藤野先生，并说："从没有信息来看，也许藤野先生已经逝世了。"

其实，藤野先生当时还健在。他 1915 年离开了仙台医专，于 1916 年回乡开设了一个诊所，为当地农民医病，默默无闻地度过晚年。一天，他在第四高等学校读书的大儿子藤野恒弥，从老师那里知道鲁迅写的《藤野先生》即是写他父亲事，便带回来给父亲看。藤野先生看后说："鲁迅这个名字，我是第一次听到。肯定无疑，这就是当时的周树人。在医专时代我教过他，并给他改过笔记，这些事，我都记得。但是，他能成为这样一个了不起的人，我当时一点苗头也没有看出。他真是有出息。在我教过的学生中出现这样一个大人物，我很高兴。"

1936 年 10 月，鲁迅逝世的消息传到日本，藤野先生非常悲痛。1937 年 3 月在日本发行的杂志《文学指南》（日文原名为《文学案内》）上，刊登了哀悼鲁迅逝世的文章。这本杂志，是当时日本一位被称为无产阶级作家的贵司山治主办的。事情的经过是这样的：与藤野先生同村的坪田利雄和地方报社记者川崎义胜、牧野久信等三人，于1936年11月17日在本庄村下番的藤野诊所采访了藤野先生。当时有一位记者把鲁迅葬礼的照片拿给藤野先生看，他看了后，便正襟危坐，把那照片举在头上谈了感受。

三人将当时藤野先生口述的内容记录整理之后寄给了《文学指南》。摘录如下：

那是许多年前的事，已经记不太清了。我从爱知医专（原文如此）到仙台医学专门学校是明治34年末（实际上是明治34年11月）。过了两三年，从中国来的第一个留学生就是周树人。因为是留学生，不需要参加考试，作为唯一的外国人和100多名新生以及30多名留级生一起听课。

周君身材不高，圆脸，看上去人很聪明。记得那时周君的脸色不像是健康人的样子。当时我担任人体解剖学，上课时，周君虽然认真地记笔记，但入学时他日语还说不太好，他听不太懂，所以学习上好像很吃力。

于是我讲完课后就留下来，看看周君的笔记，把他漏记、记错的地方增添或改过来。

来到异国他乡，要是在东京，周君大概会有很多同胞、留学生，仙台只有周君一人，想必他一定很孤单寂寞，可是周君并没有让人感到他孤单寂寞，只记得他上课时非常努力。

那时，我家住在仙台市的空堀町，周君虽然也到我家里来玩过，但已没有什么特别多印象了。要是过世的妻子还在的话，或许还知道一些事情。前年，我的大儿子恒弥在福井中学时，教汉文的菅先生跟他说："这本书上写着你父亲的事，你拿去看看吧。"就这样，我看了周君写的书，这本书是佐藤春夫翻译的。那以后，过了大约半年，菅先生来看我，自然是谈周君的事。从菅先生那里，我得知周君回国之后成了著名的文学家。去年菅先生也去世了。

周君在仙台医学专门学校总共只学习了一年多，后来再没有见到他。现在回想起来，好像当初周君学医就不是他内心的真正目标。周君临别时来我家道别，不过最后见面的具体时间我记不太清了。

据说周君直到去世一直把我的照片挂在他寓所的墙上，我真感到高兴。可是我已经记不清是在什么时候，在哪儿，是怎么把照片赠送给周君的了。

我只不过提供了微不足道的帮助，没想到周君对我那么感激。周君在小说里，或是对他的朋友都把我称为恩师，如果我能早些读到他的这些作品就好了。听说周君直到逝世前都想知道我的消息，如果我能早些和周君联系上的话，周君该会有多么的高兴啊！真是太遗憾了。我居住在这样偏僻的乡下，对外面的世界不甚了解，对文学是个完全不懂的门外汉。尽管如此，前些天从报纸上得知周君，也就是鲁迅去世的消息，让我回想起上面所说的那些事情。不知周君的家人现在如何生活？周君有没有孩子？

我深切悼念周君之灵，他把我那微不足道的好意当作莫大的恩情来感激，我同时也祝愿周君家人健康安泰！

说罢，藤野先生还用毛笔写下：

谨忆周树人先生　　　藤野严九郎

为什么藤野先生如此善待中国留学生鲁迅？他本人曾经说过："反正我尊敬中国的先贤，同时也抱有应该尊重中国人的心情。"藤野先生的这一中国观，据说是少年时期从旧福井藩士野坂源三郎那里接受的"四书、五经、蒙求、国史略、十八史略"等汉文教育所形成的。据说，藤野先生对甲午战争、镇压义和团、日俄战争，都不希望看到，特别是对九一八事变以及卢沟桥事变等日本一系列依靠其军事力量企图征服中国的做法，持批判态度。

藤野先生的晚年是比较凄惨的。1915 年仙台医专升为东北大学医学部时，由于他不够做教授的资格，次年离开仙台，去了东京，在一家医院的耳鼻科工作了一段时间。这也许是为做开业医生做准备吧。之后，他在故乡福井县本庄村开了一间诊所，和农民们一起生活，此时，先生 43 岁。45 岁时夫人因病故去，又续了弦，住在三国町。藤野先生每天从三国町来到本庄村从事诊疗工作。

第二次世界大战结束前夕，1945 年 8 月 11 日，就在美军猛烈轰炸日本时，他在本庄村的一家患者家里突然倒下，走完了他一生的历程，终年 72 岁。人们为了纪念藤野先生，纪念鲁迅与藤野先生的伟大友谊，1956 年 8 月在福井县的足羽山上建立了 藤野先生纪念碑。笔者在日本做常驻记者时曾访问过福井县。

福井县濒临日本海，中部有座美丽的山丘——足羽山，登临纵目，漫山是盛开的紫阳花和百日红。山顶绿阴中，引人瞩目地矗立着一块石碑。那便是藤野严九郎纪念碑。日本朋友告诉我们，为了表现藤野先生与鲁迅的伟大真挚的师生关系，特意把石碑面向中国建立。碑的正面镶嵌着青铜制的藤野先生在仙台任教时的半身像，碑上镌刻着从藤野先生赠给鲁迅的照片上临摹的"惜别"二字。碑上的"藤野严九郎"几个字出自鲁迅夫人许广平的手笔。当地人们亲切地称这座石碑为"惜别"碑。

离开足羽山，我又驱车向北行驶大约一小时，来到一个乡村小镇——坂井郡下番。藤野先生的故居就在这里。附近有一座古刹圆福寺，院内有藤野先生的墓。在这里，我们受到藤野先生的亲属、68 岁的藤野仪助先生的热情接待。我们向藤野先生墓敬献了花束。一位陪同我们的日本朋友深有感慨地说："通过鲁迅的笔，使广大日本人民和中国人民知道了藤野先生。但是，更重要的是使我们认识到日中两国人民的传统友谊是多么的可贵。鲁迅先生和藤野先生的友谊是日中两国人民交往的典范，我们两国人民要世世代代友好下去。"直到今天，人们依然怀念藤野先生。每年到了先生的忌日，圆福寺举行纪念活动。先生的亲友齐聚一堂，缅怀先生的一生。

100 多年前鲁迅先生留学时的仙台医学专门学校（东北大学医学部的前身）的阶梯教室，至今仍保留着，它位于仙台市中心的日本东北大学片平校区里。这间教室为小型独立的木造建筑，从外观看，木板墙壁上涂着白色油漆，上面铺以灰色的瓦顶，给人以一种明治时期日西合璧式建筑的印象。我本人去东北大学采访时，也曾参观过这间阶梯教室。据我观察，人们对这里情有独钟，想象 100 多年前青年鲁迅就是在这间简陋的教室里，坐在第三排座位上听课的情景。

鲁迅就是在这里学习期间迎接了他人生的一大转折。他就是在这里，下决心弃医从文，认识到与其以医术治疗身体的疾病，不如以笔杆为武器唤醒麻木的中国人，这才是中国人新生的当务之急。从这个意义上说，这里就是鲁迅作为一个中国人的意识觉醒之地。

1976 年秋，在仙台举办鲁迅展时，我曾随鲁迅之子周海婴等人访问过这里。他们同日本朋友一起坐在教室的听讲席上，缅怀鲁迅当年学习的情景。陪同中国客人参观的金谷教授说："在鲁迅逝世 40 周年时，你们远道前来我校，我们感到非常高兴。鲁迅曾在我校读过书，这是我们学校的骄傲。"

日本东北大学把这个具有特殊意义的"鲁迅先生的阶梯教室"作为对鲁迅先生深表敬爱的明证，同时也作为巩固和加强以藤野先生和鲁迅先生所代表的友谊和相互信赖的基石，将永久加以保存。

这一次，我到仙台采访还了解到，1975 年，仙台市民在鲁迅留学仙台时的第一所旧居建立了一座"鲁迅旧居迹"纪念碑。当时的房东佐藤的孙子、当年 64 岁的竹中正雄早已在那里等候周海婴等中国客人了。竹中老人说："70 多年前，我祖父和祖母曾经照顾过鲁迅先生的生活。今后，我希望日本人民和中国人民永远友好。"

当中国客人到达位于青叶山麓的仙台市博物馆时，早已等候在那里的一位日本中年妇女从人群中找到了周海婴，高兴地取出一张旧照片给他看。原来，这是鲁迅在仙台读书时与几个同学的合影。照片背后用毛笔写着"明治三十八年摄"，照片中每个人的背后，都写着姓名。鲁迅影像的背后写着"周君"。这位叫小畑美津子的妇女是鲁迅在仙台求学时第二个旧居的房东宫川信哉的孙女。这张照片，是小畑的哥哥宫川长二保存的。当天晚上，小畑在仙台市长举行的酒会上，把已经放大的那张照片连同复制的底版赠送给周海婴。信封上用毛笔工整地写着"日中永远友好的纽带"。小畑说："这句话是我和哥哥的共同心愿。"

特别值得一提的是周海婴等人在仙台还会晤了藤野严九郎先生的侄子藤野恒三郎。他是特地从大阪赶来的。他回忆说，"我的叔父严九郎听到鲁迅逝世的消息时，正襟而坐，把鲁迅的照片举过头顶"，并"提笔写了'谨忆周树人君'，由此可见，藤野严九郎对鲁迅的敬慕之情多么深切"。周海婴能同他父亲生前日夜思念的老师的后裔们相会，心中分外激动。他说："70 多年前，我父亲到过日本，到过仙台。日本人民的友好感情，经常唤起他深沉的回忆和亲切的怀念。他一直想来日本旧地重游。这一愿望，我父亲生前没有实现。我这次来，在仙台见到了藤野先生的侄子藤野恒三郎先生，并共叙友谊。日中友好的洪流越来越汹涌澎湃。我父亲如能见到今天这些情景，该会多么的高兴啊！"

是的，说到鲁迅的恩师藤野先生，他的一生也许是平凡的，但藤野先生为鲁迅所终生怀念，也为中国人民所深深记忆，因为在他身上体现了日本人民的许多优秀品质，成为近代史上中日两国人民友好的一个象征。今天，我们缅怀鲁迅与藤野先生的友情，缅怀为中日两国人民友好事业奋斗的许多先驱，更要在新的历史条件下，把中日两国人民这种崇高伟大的友谊发扬光大，一代一代地推向前进。

鲁迅与增田涉

——日文版《中国小说史略》翻译经过

20 世纪 30 年代，一位日本的年轻学者来到上海，连续数月单独聆听鲁迅对《中国小说史略》的讲解，使他后来成为这部经典学术著作的日文译者，从而引起日本学术界的瞩目，这位学者便是增田涉。增田涉受到鲁迅的深刻影响，他不仅最早将《中国小说史略》完整地翻译成日文，而且还是日本最早的《鲁迅传》的作者。两人的交谊也成为中日文化交流史上的一段佳话。

增田涉曾对我说，他曾经想过鲁迅为什么会对一个来自日本的陌生年轻学者如此热心进行指导，这也许跟鲁迅在仙台留学时受到藤野先生的悉心照顾不无关系。鲁迅是以这种方式报答藤野先生的吧。他还说，鲁迅晚年给日本朋友写信时，多次提到藤野先生，打听他的下落，但一直杳无音信。1934 年，增田涉计划出版《鲁迅选集》时，曾写信征求鲁迅的意见，应该选哪些文章。鲁迅回信说，选什么文章"请全权办理"，"只有《藤野先生》一文，请译出补进去"。这表明鲁迅对他的这位日本老师情感之深。但鲁迅与他的恩师藤野先生终究未能再取得联系，成为永久的遗憾。

"他以一个和蔼的长辈的态度接待我，使我受到了教益"

增田涉的名字进入我的视野，是 20 世纪 50 年代初期。我知道了他是鲁迅的挚友，而且又是一位久负盛名的鲁迅研究专家。

一次，在北京的旧书店我购到一本东京天正堂 1938 年 6 月出版的《中国小说史略》日文版，看到上面印着译者的名字——增田涉，从此不仅对他产生了崇敬的心情，而且很想亲自听听他是怎样同鲁迅相识和交往的。没有想到，后来我在日本做《光明日报》和新华社常驻记者期间，竟有两次机会去拜访增田先生。

第一次访问他是 1973 年夏，第二次是 1976 年 3 月。增田先生住在大阪府南部的忠冈町，1976 年 3 月那次，我从大阪市乘郊区电车到忠冈町车站时，已是黄昏了。出了车站，往前走不远，看到对面来了一位身穿和服的学者风度的老人。原来是增田先生接到电话后，怕我找不到，特意来迎接。他的热忱和真挚，使我感动，顿时有一股热流涌上心头。

增田先生的住宅，在一条僻静的街旁。房前栽有一排绿色灌木，使人感到颇有雅趣。增田先生把我们引进他的书房。这是一间日本式的房屋。房间的一侧，向里伸出一块地方，放着一张小书桌，增田先生平时就在这里写作。房间里，案上、案边、书柜和书架上堆满了各种书刊和资料。

增田涉是日本岛根县人，1903 年出生于濒临日本海的一个小镇。他毕业于东京大学中国文学科，后来历任岛根大学、大阪市立大学、关西大学教授。

这次访问正值鲁迅逝世 40 周年，他应我们的请求，忆述了他同鲁迅的渊源和交往。

　　增田说，他 1926 年入东京大学文学部读书时，有一位叫盐谷温的先生教中国小说史。这位先生以前出版过一本《中国文学概论讲话》。他以这本书为底本，放在讲台上给学生讲课。可是，一段时间过后，这位先生讲起了大家从未听过的内容。大家都感到纳闷。有一天老师给他们看了一本书，说这就是讲课内容的蓝本。这本书就是鲁迅的《中国小说史略》。"不过，那是 50 多年前的事，和现在不一样，日本国内几乎没人知道鲁迅的名字。"增田说，"我当时是个文学青年，对现代的中国作家多少有些关心，像鲁迅的《呐喊》《彷徨》等买是买了，但很难读懂。因为这些作品和古文不一样，不理解现代汉语就看不懂。当时的大学虽有中国文学科，但现代汉语不是必修科目。由于这些原因，我只是模模糊糊地知道鲁迅的名字，知道他是《中国小说史略》的作者。但对于作家、文学家鲁迅不甚了解。"

　　增田说，大学毕业后他没有马上就业。因为在读高中时就很崇拜小说家佐藤春夫，曾给他写过信，还见过他，因此毕业后便到他那里去帮忙翻译中国小说，兼做收集资料的工作。当时以佐藤春夫名义发表的许多翻译小说，实际上的译者是增田涉。在佐藤春夫处的工作告一段落后，增田心想自己是专门学习和研究中国文学的，虽然没有什么明确的目的，却很想到中国去看看。他在父亲的资助下，决心去上海，他觉得上海在当时的中国是最有魅力的城市。

　　1931 年 3 月，增田涉从日本来到上海。他带了佐藤春夫写给内山完造的介绍信。佐藤春夫以前到中国时认识了在上海开书店的内山完造。增田到上海后，内山完造对他说，鲁迅先生在上海，你要搞中国文学，可以跟鲁迅先生学到很多东西。他还建议增田把《中国小说史略》译成日文。增田听说写《中国小说史略》的鲁迅先生就在上海，心想："如果我能见到鲁迅，真是千载难逢的好机会，我一定要从他那里学习一切，吸收一切。"

增田回忆说，内山完造告诉他，鲁迅先生几乎每天下午 1 时左右到书店来。第二天，他瞅准了这个时间跑去，见到了鲁迅先生。然而，第一次见面的情形，一点也记不起来了。第二天又在内山书店见面时，鲁迅送给他一本《朝花夕拾》，并说要想了解中国的情况，先看看这本书。增田在宿舍里读了《朝花夕拾》，第二天到内山书店跟鲁迅见面，把不明白的地方提出来。后来鲁迅又送给他一本散文诗《野草》。那时，他还不能完全理解内容，但感受到鲁迅对旧中国强烈的愤怒之情。那时，增田 28 岁，鲁迅 50 岁。

每日见面大约持续了一个星期。有一天，鲁迅主动邀请增田到他家里去。增田说："从这时起，我就每天到离内山书店不远的先生寓所去。一般都是下午 1 点钟左右在内山书店碰面，跟其他人闲聊一会儿，然后两个人一块儿上先生的家。鲁迅和我并坐在书桌前，给我讲解《中国小说史略》。我用日语逐字逐句地译读，遇到疑难问题译不下去时，鲁迅就用熟练的日语给我讲述和解答。我边听边做笔记。我提的问题不单单是词句，也包括内容和当时的社会状况，涉及当时中国发生的各种事情。"说到这里，增田兴致勃勃地拿出他珍藏多年的《中国小说史略》1930 年修订本的底稿本。在这本 1923 年的初版铅印的原本上，鲁迅用毛笔增删了多处，并且在第 1 页上有鲁迅为修订本写的《题记》手稿。鲁迅给增田讲解时使用的就是这个底稿本。鲁迅向增田讲完全书后，就把这个底稿本赠给了他。

增田说："就是这样，我每天从两点左右学习到四五点钟，占用鲁迅的时间约 3 个小时，一直持续了 3 个月。讲完《中国小说史略》后，鲁迅接着又给我讲了《呐喊》和《彷徨》。鲁迅为我讲解时所使用的两本书，至今还保存在我身边。"

这时，增田沉浸在对往事的回忆中。他继续说："那时，鲁迅家几乎没有什么客人。海婴由保姆抱出去玩。夫人许广平有时伏案抄写什么或者做针线活。有时，许广平先生来给我们沏茶、送点心，我们就休息一会儿。在休息的时候，随便谈谈时事问题，我也问一些文学界的情况。有时时间太晚，先生总是说，今天有几样什么菜，一块儿吃饭吧。一个星期平均要请我吃两顿晚饭。有时，鲁迅还带我去看电影和展览会。""我跟先生接触，丝毫没有感觉他叫人害怕，也没有感觉他使人拘谨。他以一个和蔼的长辈的态度接待我，使我受到了教益。因为先生常常说些幽默的话，在先生的带动下，我也说了些笑话。"他说，"在文章中见到的先生，看起来似乎很严厉、可怕，但那是因为生活很不自由的缘故。"

鲁迅日记 1931 年 7 月 17 日记载："十七日 晴。下午为增田君讲《中国小说史略》毕。"增田回忆说："当时我松了一口气，我想鲁迅先生更是松了一口气。"增田一再对我说："能亲自受到鲁迅先生的教诲，我是很感动的。"

"得悉译稿已完成，至为快慰"

1931 年 12 月，增田辞别鲁迅，离开上海回国。返日后，增田开始从事《中国小说史略》的翻译工作。在翻译过程中，他遇到疑难问题就写信询问鲁迅，而鲁迅也十分盼望这本书能与日本读者见面，便在回信中给他全力的帮助。从 1932 年 1 月到 1936 年 10 月鲁迅逝世为止，那 5 年中每月平均约有两次书信往来。增田在谈话时拿出他珍藏的鲁迅书简和鲁迅答复他提问的大量便笺。从这些书简和便笺可以看出，对于增田提出的各种疑难问题，鲁迅总是耐心详细地解答，对一人一事的来历，一字一句的含义，都详加注释，有时还绘图示意。鲁迅对《中国小说史略》和《呐喊》《彷徨》中某些误译都做了认真的改正。即使在病重时，鲁迅解答增田的疑问，也从来一丝不苟。

《中国小说史略》是鲁迅 1920 年至 1924 年在北京大学讲授中国小说史的讲义，于 1923 年、1924 年分上下两卷印行，1925 年合订成一册，后来略有修正。《中国小说史略》用的是文言文，所以翻译起来至为艰苦。对此鲁迅是非常理解的。1933 年 5 月 20 日鲁迅致增田涉的信中说："《中国小说史略》，如难以出版，就算了吧，如何？此书已旧，日本当前好像并不需要这类书。"9 月 24 日的信又说："现在出版《中国小说史略》不会落在时代后头吗？"但是，后来鲁迅知道《中国小说史略》的翻译有进展时，非常高兴。他 1934 年 5 月 18 日在给增田的信中说："得悉译稿已完成，至为快慰，对你在这本乏味的原作上费了很大气力，实在不胜惭愧，但不知有无出版的希望。"

1935 年，《中国小说史略》终于由日本赛棱社出版了。鲁迅为此于那年 6 月 9 日晚在灯下用流畅的日文书写了日译本的序言。序言中说，他听到《中国小说史略》的日译本已经到了出版的机运，"非常之高兴"。

在序言中，鲁迅回忆道："大约四五年前罢，增田涉君几乎每天到寓斋来商量这一本书，有时也纵谈当时文坛的情形，很为愉快。那时候，我是还有这样的余暇，而且也有再加研究的野心的。但光阴如驶，近来却连一妻一子，也将为累，至于收集书籍之类，更成为身外的长物了。改订《小说史略》的机缘，恐怕也未必有。所以恰如准备辍笔的老人，见了自己的全集的印成而高兴一样，我也因而高兴的罢……"

鲁迅还特别表示："这一本书，不消说，是一本有着寂寞的运命的书。然而增田涉君排除困难，加以翻译，赛棱社主三上于菟吉不顾利害，给它出版，这是和将这寂寞的书带到书斋里去的读者诸君，我都真心感谢的。"

对此，增田说："鲁迅为我讲解《中国小说史略》花费了多少心血和时间啊！这部著作的翻译工作只靠我一个人的力量是不行的，因此我曾要求以鲁迅同我合作的名义出版，但鲁迅没有同意。可见鲁迅是多么的谦虚！"

其实，鲁迅的《中国小说史略》此前已经有人译为日文，但没有完成，都半途而废。1924 年，北京曾经发行过一本日文周刊《北京周报》，断断续续地翻译介绍了很少一部分《中国小说史略》。这本周刊，是一个住在北京的日本人藤原镰兄办的。译者虽未署名，但普遍认为是该刊总编辑丸山昏迷。这是《中国小说史略》第一次被译成日文。后来，还有一位日本人辛岛骁（跟增田涉是同学，他曾三次见过鲁迅，一次是 20 世纪 20 年代在北京，还有两次是在上海），他曾经组织一批同学动手翻译《中国小说史略》，此事似乎鲁迅也曾有耳闻，但由于辛岛骁后来不研究中国古典文学而转为研究现代文学，因此翻译《中国小说史略》之事，也就作罢，不了了之。

增田涉之所以能成为《中国小说史略》的日文译者，日本学术界认为是由于增田涉为人忠厚、诚实，对翻译这本书充满热情和信心，态度十分认真，得到了鲁迅的信任。当时，鲁迅处于险境，他寄希望于年青一代。尽管增田是来自异国的青年，但鲁迅却选择了他，并把自己的思想传给了他。

增田涉翻译的日译本《中国小说史略》经他本人修订，于 1941 年 11 月，又由日本一家著名而权威的出版社——岩波书店出版了"文库本"，但只出了两分册中的上册，而没出下册。我曾在东京神田的一家旧书店购得一本上册，版权页上还盖有"涉"字图章。就在那一次访问增田涉时，增田告诉我，他想利用 1976 年的暑假把下册完成。可惜他未能如愿，便在第二年逝世了。

"却折垂柳送归客，心随东棹忆华年"

增田涉不仅是《中国小说史略》的译者，而且还是日本最早的《鲁迅传》的作者。在同我们谈话间，他从屋里拿出了一叠手稿，这叠用钢笔写在竖格纸上的手稿，便是《鲁迅传》。久远的岁月，使纸张已经变成黄褐色。增田先生说，他在上海期间，一面到鲁迅家中求教，一面收集有关资料，写出了这部《鲁迅传》。脱稿后，请鲁迅过目，鲁迅亲笔改过几处。说罢，增田先生随手翻开一页，指着一处，那上面写着："这时正是鲁迅请我吃晚饭，在他家的饭厅里喝着老酒……他用手抓起一块带骨头的咸肉，一边啃一边继续说：'在反清革命运动鼎盛的时候，我跟革命的山贼颇有些往来。山贼们吃肉，是拿出这么大的家伙（他用手做了一个比画），你要是不把它全部吃掉，他们可要生气哩。'"据增田说，鲁迅曾在增田写的原稿上做了修改。他说："这里，'山贼'二字前的'革命的'这几个字，就是鲁迅亲笔加上的。鲁迅当时说，这'山贼'还是加上'革命的'为好。这里的'山贼'，指的就是王金发。"王金发曾是反清的革命团体光复会的会员。

增田涉说，他之所以要写《鲁迅传》，是因为他"被鲁迅的性格所感动，要向日本介绍鲁迅和中国的现实"。增田在与鲁迅的接触中，发现他时刻警惕着周边发生的事，感受到"苦难的中国现代史"，并为他的"那种要披荆斩棘的使命感、勇气和敢作敢为的精神"所感动，"感到他是一个了不起的人，是个伟大的人"。

这部《鲁迅传》后来发表在日本《改造》杂志1932年4月特别号上，以后又收到1935年6月岩波书店出版的佐藤春夫与增田涉合译的《鲁迅选集》的书后。增田涉的《鲁迅传》尽管不完善，但作为日本的中国文学研究者写的第一部《鲁迅传》，而且又经过鲁迅亲自过目修改，无疑是非常珍贵的。

1936 年夏，鲁迅病重的消息传到了日本，增田曾专程到上海探望。这在鲁迅 1936 年 7 月的日记中也有记载："六日 昙。下午须藤先生来注射。增田君来。晚……内山君来。又发热。" "九日 晴，风，大热……下午须藤先生来注射。晚增田君来辞行，赠以食品四种。"增田说，他万万没有想到两人的这次见面竟成了永诀。1936 年 10 月，鲁迅逝世的噩耗传到日本时，增田涉正在故乡岛根县，他简直不敢相信是真的，因为他刚刚接到鲁迅从上海发出的信。他心想鲁迅逝世的消息可能是误传，便立即写信询问许广平女士。不久便收到了回信，才知道那消息是确实的。原来，增田收到的鲁迅最后一封信，是鲁迅停止呼吸前 5 天写的。增田说："鲁迅的逝世，对我这个直接受过鲁迅教导的人来说，简直像突然失去了一根重要支柱。"

据增田回忆，鲁迅逝世后，改造社立即计划出版《大鲁迅全集》，当时增田也被该社用电报聘去担任企划编辑。由于鲁迅先生是国民党当局的死对头，因此，在日本增田被视为左翼作家，特高警察时常到他的住处来。他们事前根本不通知，就突然闯进屋里，佯作无事地问这问那。增田说："二战末期，杂志的编辑者相继被警察局抓去，他们出来后对我说，警察当局多方问你跟鲁迅的关系，并忠告我要多加小心。但我回答说，鲁迅是我师，而且我已翻译了他的作品，现在无须回避。后来，战争结束，我也总算平安地过来了。如今，鲁迅的作品，在日本拥有广大读者，初中和高中的国语教科书中也选用了。鲁迅的不屈不挠的战斗精神，正得到日本进步知识界的共鸣。"

我们的谈话转到对鲁迅的评价时，增田说："鲁迅先生作为同旧势力进行搏斗的伟大战士，真正做到了'生命不息，战斗不止'。"增田接着说："鲁迅在加强日中两国人民的友好方面也为我们树立了典范。1931年我在上海时，正值日本军国主义向中国东北地区进行侵略，中国人民奋起抵抗。鲁迅明确地认为侵略中国的是日本军事当局，而不是广大人民。他坚持同日本人民友好交往。"

增田的房间里挂着一幅鲁迅手迹的立轴。上面写着：

> 扶桑正是秋光好，
> 枫叶如丹照嫩寒。
> 却折垂柳送归客，
> 心随东棹忆华年。

增田说："这是我1931年12月辞别鲁迅时，鲁迅送给我的。这首诗充满了鲁迅对日本人民深厚的友好感情。"是的，鲁迅当年在日本留学时，藤野先生对这位来自中国的青年表达了殷切的希望与惜别；如今，在中国，一位当代的伟大革命文学家对一位日本青年也寄予殷切的希望与惜别之情。

增田回忆，1936年他第二次去上海时，鲁迅曾表示过他很想重访年轻时留过学的日本，特别想重游仙台。仙台是先生青年时代做学生学习过的地方，尽管只待了一年半多一点的时间，但青年时代的印象一定是铭刻在他心上的。增田说："鲁迅思念仙台，思念他的老师藤野先生。而仙台人民同样地爱戴鲁迅，他们为鲁迅建立纪念碑，举行了各种活动。"鲁迅还希望上东京的丸善书店去看看。鲁迅青年时代在日本时，经常上丸善去，从那里吸收了世界的文学和美术知识，所以他一直到晚年还从丸善邮购书刊。这家专门出售西洋书的书店一直使鲁迅向往。

"鲁迅增田情谊深，交流两地春"

1976 年秋，在鲁迅年轻时的求学地——日本东北仙台举办纪念鲁迅诞辰 95 周年、逝世 40 周年展览会。增田涉作为鲁迅的老朋友，专程从关西来到仙台。他见到周海婴感到格外亲切。当时，我也在现场，为他们当翻译。

海婴说："先生的事，我早有耳闻，今天能够在这里见到，是我一大收获。"增田说："我也特别高兴。我在上海见到您，那时您还很小。"

增田涉和周海婴二人都应邀出席了日本东北电视台举行的座谈会。增田深情地回忆了 20 世纪 30 年代在上海受到鲁迅先生亲自教导的情景，并亲切地谈起对当时只有两岁的海婴的印象。他说："从那时起，转眼已经 40 多年过去了，国际形势发生了巨大变化。正像鲁迅先生当年预言的那样，日中两国人民的友谊在新的历史条件下日益发展。"在座谈会上，二人回忆过去，展望未来，都很激动。

增田强调说："我们一定要继承鲁迅先生的遗志，进一步加深日中两国人民的相互了解和友好关系。"

周海婴说："我父亲直到晚年，在上海居住的时候，多次谈到他想来日本旧地重游的愿望。这一愿望，我父亲生前未能实现。今天，介绍鲁迅战斗一生的展览会成功地在日本开幕。我总感到父亲好像就在我们身边，仿佛来到我们中间，和朋友们重叙友谊一样。我这次是踏着父亲的足迹来到仙台的。我看到，中日友好的洪流越来越汹涌澎湃。我父亲如果能看到今天这些情景，该会多么高兴啊！"

半年后，1977 年 3 月 10 日下午，日中文化交流协会的佐藤纯子女士打电话告诉了我们一个不幸的消息：增田涉先生这一天出席同是著名的鲁迅研究家竹内好先生的葬礼，在致悼词时突然倒下，虽然急送到庆应医院，但抢救无效，不幸故去。据说，增田先生头一天晚上住在千叶的女儿家，为写悼词，到午夜才睡下。

我们闻讯赶到医院，看到增田先生安静地躺在床上。我们怀着沉痛的心情瞻仰了先生的遗容，并向他的亲友表示了衷心的哀悼。我们按日本习惯，用棉花蘸着清水，送到先生遗体唇边，湿润一下。这水，日语叫"末期之水"。

万万没想到，28 年后的 2005 年 7 月我访问日本时，在岛根县松江市突然听导游介绍说附近的小镇鹿岛是增田涉的出生地，那里的历史民俗资料馆内设有"增田涉纪念室"。我们立即改变访问日程，临时增加了参观项目，驱车前往历史民俗资料馆。馆内收藏有 58 封鲁迅致增田涉的信以及鲁迅题诗的真迹："扶桑正是秋光好，枫叶如丹照嫩寒。却折垂柳送归客，心随东棹忆华年。"

这一切，仿佛再现了 20 世纪 30 年代鲁迅与增田涉建立的真挚友谊，而对于我来说，就像与久别的老友增田涉重逢似的激动不已。我当即作汉俳一首，以作纪念：

跨海飞鸿频，
鲁迅增田情谊深，
交流两地春。

鲁迅·内山·木刻

　　上海内山书店的老板内山完造是鲁迅的挚友。他的胞弟内山嘉吉先生，1931 年夏应鲁迅要求，曾在上海为一批中国青年版画家讲过课，对中国新兴版画事业做出过可贵的贡献。

　　在上海内山书店老板完造的影响和推动下，嘉吉 1935 年在东京也创立了内山书店。我 1964 年曾作为《光明日报》记者常驻日本，那时的东京内山书店坐落在神田一条僻静的街道上，与"十字军"总部毗邻。书店的门面不大，确切一点说，是一间住家兼店面的铺子。店里的布置保留着 30 年代上海内山书店的一些特点：特僻一块不大的地方，设了茶座，作为留顾客叙谈之所。我在那里就曾多次品尝过嘉吉先生亲自沏的日本名茶"玉露"。

　　谈起东京的内山书店，嘉吉先生总是说："我本来不是一个买卖人，而是一个美术教员，1935 年因学校闹风潮被解雇。当时，在上海开内山书店的内山完造正好在东京，建议我在东京开设一家专卖中国近代书籍的书店，以便向日本知识界介绍中国的新文化。我虽然从未做过生意，但接受了这个建议，因为我觉得书店是'并非商店的商店'。"

　　东京的内山书店搬到现在的神田铃兰大街，是 1968 年以后的事了。我每到那里，总有一个感觉：它是一家书店，但又不完全是书店。它是帮助日本人了解中国情况的一座桥梁，又仿佛是一座小小的图书馆。如果说上海的内山书店曾在沟通和维护两国文化界的交往上，在传播进步思想方面做过有益的工作，那么东京的内山书店则是在中华人民共和国成立后，为介绍新中国的情况，发展中日文化交流，做了可贵的贡献。

嘉吉先生一生酷爱木刻艺术。他非常珍惜跟鲁迅的一段交往。

1976年春，我在东京专程访问过曾在上海鲁迅举办的木刻讲习会上担任过讲师的内山嘉吉先生。那一年，他已经70多岁，头发斑白，但精神矍铄。年轻时，他曾在东京成城学园教过工艺美术。20世纪20年代和30年代，他曾多次去上海，认识了鲁迅先生。

我那次采访的重点，是请嘉吉先生谈谈上海木刻讲习会的情况。嘉吉先生很高兴地把我引进书店楼上的客厅里。一进去，墙上一幅印有鲁迅肖像的木刻招贴画立刻吸引了我。坐定后，我说明了来意。嘉吉先生稍微沉思了一下。这时，他的思绪似乎飞向了40多年前的中国上海。他沉浸于幸福之中，回忆了他第一次会见鲁迅时的情形。

那是1928年夏天，内山嘉吉利用暑假到上海内山书店帮助编图书目录。一天，店里正在盘货，穿着人们熟悉的那件黑长衫的鲁迅走了进来。内山完造把嘉吉介绍给鲁迅。嘉吉说："这是我第一次同鲁迅见面，他那浓黑的胡须、粗粗的眉毛和深邃的眼睛，给我留下了难忘的深刻印象。"

1931年夏，内山嘉吉利用暑假再次到上海。一天，他收到了他的学生从日本寄来的几张"暑中御见舞"（暑期问候）的明信片，上面印着简单的木刻版画。原来，这是内山嘉吉作为工艺课的暑期作业，布置给学生们自刻版画印在明信片上的。内山完造和夫人看到后，便询问木刻版画的技法。嘉吉本来打算在上海期间刻一点上海风光给学生们寄去，所以他从日本带来了刻刀等工具。他拿出这些工具刻了起来。当时在场的几位日本小学校的老师也加入进来。嘉吉边说明边刻了一幅版画。

就在这时，鲁迅来到内山书店，他看了案上那几张明信片和内山嘉吉刚刚刻好的版画，便提出要求，请嘉吉给一些从事美术工作的中国青年讲一讲木刻技法。这使嘉吉感到意外，也很吃惊。他想自己既不是版画家，对版画又没有研究，表示不敢接受，但内山完造在一旁极力促进，嘉吉便答应了下来。

8 月 17 日，鲁迅举办的木刻讲习会开始了。这一天早晨，天气特别晴朗，阳光明媚，内山嘉吉在内山书店等候着鲁迅。不一会儿，鲁迅穿着一身崭新雪白的长衫走进书店，店内顿时显得明亮起来。内山嘉吉边回忆当时的情景边说："鲁迅先生对这件事多么重视啊！从他的衣着，我感受到鲁迅对木刻讲习会倾注了多么大的热情，寄予多么大的期望。"

在此后的整整 6 天里，鲁迅先生每天早晨都来内山书店约同内山嘉吉一道前往讲习会会场。会场是内山完造曾租来用于教日文的地方。在那一间屋子里坐着 13 位中国青年，他们穿着俭朴，有的穿衬衫，有的穿长衫。内山嘉吉用日语讲授，鲁迅亲自担任口译。内山介绍了自浮世绘以来到现代为止的日本版画史以及日本当时左翼运动怎样运用木刻作为斗争武器的情况，并讲授了木刻技法的初步知识。内山嘉吉说："鲁迅先生为我做翻译，我实在不敢当。我不懂中国话。鲁迅先生在翻译时，常常说'这个、这个、这个'。不知为什么，这一点我至今记得很清楚。"他回忆说，更为重要的是，鲁迅当时不仅给他当翻译，还拿来许多外国优秀的木刻作品和绘画，向学员介绍。从第二天起讲的是明暗效果，黑白版画的指导，到第四天结束。第五天是彩色版画的技法。内山嘉吉说："我能够为鲁迅举办的木刻讲习会担任讲师感到无上光荣。

这完全是由于鲁迅同我哥哥完造结成了深厚友谊的缘故。在我一生中，能帮助鲁迅多少做一点事，是莫大的荣誉。"

讲习会结束那一天，鲁迅、内山嘉吉和全体学员一起摄影留念。为了作为永久的纪念，内山嘉吉索要了 8 名学员的 15 幅作品，带回日本，一直珍藏到战后。嘉吉渴望能有机会在日本展出这些作品，但长期以来未能实现。到了 1975 年 4 月，这些作品第一次连同中国其他木刻作品一起在镰仓近代美术馆展出，与日本观众见了面。我曾采访过展览会的开幕式，并有幸观看了这些具有纪念意义的作品。后来，这些作品又分别在群马县和富士市美术馆展出。据不完全统计，前后共有十几万人观看了这些作品。

内山嘉吉说，鲁迅举办木刻讲习会是为了培养青年木刻家，发展中国的革命木刻艺术。他对鲁迅在这一方面所做的贡献，给予高度评价。他说，鲁迅一向主张使木刻版画成为革命的武器，认为木刻艺术具有广泛的群众性，可以随地取材进行创作，密切配合斗争，富有革命的宣传鼓动性。鲁迅指导的木刻讲习会，使中国近代木刻艺术很快地开花结果。

嘉吉拿来一本最近出版的杂志给我看，翻开来，里面有一篇他写的文章。嘉吉写道："中国的木刻艺术在中国人民求解放的斗争中，在中国革命中，成为动员人民起来进行斗争的力量之一。""在解放后的中国，木刻也发挥了很大的力量。……在农村，在工厂，在畜牧区，在中国人民解放军中，出现了大批的业余木刻家。我以崇敬的心情注视着这一事实，脑海中又浮现出穿着白色长衫的鲁迅先生的光辉形象。"

就在木刻讲习会结束那一天，内山嘉吉与当时在上海内山书店供职的片山松藻女士结婚，鲁迅应邀出席了他们的庆祝宴会。

内山嘉吉回忆说，在举行木刻讲习会之前，松藻女士曾陪他到鲁迅先生家去看过版画。那一次，是鲁迅先生特意来书店通知嘉吉木刻讲习会开学的日期，然后邀请他第二天到家里来看收藏的版画。嘉吉第二天赴约，鲁迅在桌上堆了很多外国版画。嘉吉看了其中的一部分。讲习会结束后，当嘉吉从上海回国时，鲁迅送给他珂勒惠支的一套版画，上面还有作者的亲笔签名。后来，鲁迅曾两次从上海给在日本的内山嘉吉写信。一次，他在信中讲述了参加那次木刻讲习会的学员被敌人逮捕入狱或下落不明的情况，反映出当时白色恐怖是如何的猖狂。信中还问候嘉吉全家，并随信寄去了一些中国木刻信笺，要求分送给成城学园的学生们。这是鲁迅对成城学园学生赠送给他木刻作品的还礼。当时，由于嘉吉已经离开学校，没有来得及把信笺分送给同学们。但他总想以后有机会再拿到学校去展览。在第二次世界大战期间，为安全计，他把鲁迅的信和那些木刻信笺由东京神田移到目黑的亲戚家，不料，却在一次空袭中被燃烧弹焚毁。内山嘉吉谈起此事，还表示非常惋惜，认为这是难以弥补的损失。

内山嘉吉把对鲁迅先生曾邀请他给中国青年讲授木刻技法这件事，终生引以为荣。他每次到中国几乎都要会见当年参加过木刻讲习会而后来成为著名木刻艺术家的学员们，并感到这是他莫大的幸福。东京内山书店创办图书目录期刊《邬其山》时，嘉吉先生特别以《中国版画备忘》为题，每期在上面著一短文，以火一般的激情回忆了30年代的往事。

1981年，嘉吉先生热切地表示要到中国来访问。我知道，这一年对于嘉吉先生是多么的重要。因为这一年是鲁迅在上海举办木刻讲习会50周年，也是鲁迅诞辰100周年。嘉吉先生当时身体欠安，患前列腺肥大症，并动了手术。他刚出院，就带着松藻夫人和大儿子晓、三儿子篱以及完造夫人真野等人专程到中国来。他在北京出席了鲁迅诞辰100

周年纪念大会，会见了版画界的老朋友。在上海还出席了内山书店旧址石碑的揭幕式。

嘉吉先生对中国怀有特别深厚的感情，他把来中国看作是"回到第二故乡"。我觉得他一来中国，人显得更年轻了。

内山嘉吉的文章与《文汇月刊》

1981 年，上海的《文汇月刊》9 月号安排了一期"纪念鲁迅诞生 100 周年"特辑，刊登了一篇题为《鲁迅与木刻》的文章，作者就是内山嘉吉先生。

这篇文章是我从日文译出后投给这家月刊的。那是 1978 年的夏天，我由新华社东京分社卸任后，回到原单位——外文出版局，我和妻子顾娟敏都被安排在《编译参考》杂志编辑部工作。有一次，上海《文汇报》的孙政清同志与顾娟敏联系，希望能帮助他们在北京约点稿子。

1980 年 12 月 25 日，孙政清同志来信说：

> 《文汇周报》即将创刊。译文或编译或撰写的文章，只要生动、有趣、有新意，浓郁精练，都需要。凡译文希望注明出处，凡编译的文章都尽可能注明资料出处。近期，《文汇周报》将试刊，随《文汇报》附送给读者。外文局各文种同志，如有兴趣，均欢迎他们赐稿。

我想起有一篇文章可以译出寄送给《文汇周刊》。这篇文章，就是内山嘉吉写的《中国木刻与我》，刊登在中国木刻展览会的大型图录上。我在日本做记者时，曾于 1975 年 4 月 19 日采访了在神奈川县立近代美术馆举办的这个展览会的开幕式。展览会展出的是内山嘉吉寄赠的346 件展品。其中最珍贵的是他 1931 年在鲁迅主办的木刻讲习会上担任讲师时得到的 8 位学员的 15 幅作品，而这些作品是从二战末期美军对东京实行的狂轰滥炸中保存下来的。其余的，是从中国抗日战争直到解放战争为止的具有代表性的木刻作品。

内山嘉吉的文章比较长，共分 8 个部分：（1）为什么把木刻作品捐献给了这家美术馆；（2）三组作品群；（3）鲁迅先生与木刻；（4）鲁迅先生复刻出版版画；（5）上海的木刻讲习会；（6）鲁迅先生与木刻青年们；（7）关于连环画；（8）结语。

内山先生这篇写于 1975 年 3 月 23 日的文章，我认为有三个特点：一是详细讲述了鲁迅为发展中国木刻运动所做的巨大贡献；二是谈了他是怎样收藏和保存了将近 400 件中国木刻作品的；三是介绍了当年参加鲁迅在上海办的木刻讲习会的 13 名成员的下落。应当说，这些材料是极其珍贵的。下面是内山嘉吉先生文章的第一部分：

进入 1945 年，美军连日空袭东京，轰炸次数愈益频繁。到了 2 月，有一次对神田一带的空袭引起的大火，把坐落在神田一桥的内山书店兼我的寓所附近的有斐阁焚烧殆尽。我下决心把家属疏散到乡下，并打算尽快把手头保存的鲁迅赠品移到安全的地方。但是，在连日遭到空袭的情况下，为了保护家属和店铺的安全，又不允许我们搬到远处。

3 月 10 日对江东区一带的大规模轰炸带来的惨状，终于迫使我下了决心，将家属疏散乡下，同时考虑尽早疏散鲁迅赠品，哪怕是一点一点地疏散也好。于是,我把店里贵重的书和鲁迅先生给我的信,还把有珂勒惠支亲笔署名的木刻《织工起义》6 枚一套,以及鲁迅先生为祝贺我长子诞生而赠送的百岁锁移到目黑清水町的亲戚家里。疏散家属时,在行李里,我装上了许广平(鲁迅夫人)为祝贺大孩子诞生赠给的衣服和鲁迅先生送给我内人的两幅墨迹。这次展览会展出的中国初期的木刻作品约 100 幅,当时我留在神田的内山书店。我曾想,这些作品以后再搬到目黑的亲戚家里也不迟。

5 月初,总算把家属疏散到家乡——冈山县井原市的芳井町。我刚松一口气,就在这个月的下旬,即 25 日那一天,东京遭到空袭,燃烧弹把目黑的亲戚家烧毁了。鲁迅先生的信和珂勒惠支的《织工起义》统统化为灰烬。剩下的,就只有同家属一道疏散到乡下的东西和留在神田的一百来幅木刻了。

这段经历,促使我一直在考虑一个问题:人口密集的城市东京,即使不在战时,也频频发生火灾。而我生活在这样一个大城市的中心,应当妥善处理那些免遭战火的鲁迅纪念品。作为第一步,我把鲁迅先生送给内人的两幅墨迹装裱好,送给了上海的鲁迅博物馆。当时还健在的许广平先生非常高兴,不久,给我寄来了这两幅条幅的复制品。

但是,那些木刻却不是简单地归还给中国就可以了事的。因为它们在日本的土地上从未发挥过应有的作用。我无论如何也要在日本举办展览会,通过木刻,让不了解情况的日本人了解中国的真实情况和中国人的心灵。我认为,这是今后使日本人打开他们认识中国和中国人眼界的一把钥匙。为了日中友好和作为对过去日本的行为进行反省的资料,必须使中国的初期木刻发挥它应有的作用。

就是这样,我收藏的中国初期木刻,由中国研究所主持在东京举办了一次展览会，另外，当时以神户为中心热心展开活动的木刻家李平凡先生从 1947 年开始，在东京、神户、大阪等地展出了这些作品。各个大学举行学园节活动时，也把这些作品借去。这样，就在日本人面前第一次展示了坚持抗日斗争的中国和中国人民的真实情况。

在同一时期，在上海，由中华全国木刻协会主持举办了"抗战八年木刻展览会"。在这次展览会上第二次展出的作品约 300 幅，从上海寄到了我手中。这样，我收藏的中国木刻，包括初期作品在内，达到近 400 幅。

我一直担心我收藏的这些作品，会不会因火灾而被烧毁。我想能不能有个公共设施把这些作品保管起来。在日本战败 30 年后的 1974 年夏天，我在同中国美术研究所一位先生谈话时，谈到平凡社可以出版一册反映中国现代木刻在中国革命中所起作用的大型画册，里面包括我收藏的作品。与此同时，关于如何保管我收藏的木刻问题，这本画册的责任编辑——平凡社的中岛洋典先生从中斡旋，决定送给神奈川县立近代美术馆。

我收藏的木刻有了"安身之处"，我感到如释重负，非常高兴。这些中国现代木刻能同时在一个地方展出，是破天荒第一次。

译稿寄出后，1981 年 8 月 3 日我收到孙政清同志来信，说《中国木刻与我》一文做了删节，并寄来排出的小样，嘱我看后退给他。看了小样，我发现上述文章的第一部分全部删除。只留下鲁迅与上海内山书店以及上海的木刻讲习会有关的两部分内容，而且标题改为《鲁迅与木刻》。我想，这样也好，比较集中一些，特别是主题更加明确。我认为，内山嘉吉这篇文章最可贵的一点，是讲述了当年参加上海木刻讲习会的

13 名青年木刻家的下落。文章说，1972 年，他在《日中》杂志以《中国早期木刻与我》为题连载了 9 次文章。在执笔的过程中，他把第一期送给鲁迅的儿子周海婴，请海婴查询这 13 名学员的名字及下落。他写道："不管怎样说，事过 40 年，查找起来是不容易的。但是海婴代我查询并将结果告诉了我。……这里介绍的是到 1973 年 3 月为止的情况。……其中改名者居多。这是由于当时的时代和他们的活动所决定的……"

我在退小样时，建议孙政清同志能把这一期杂志给内山嘉吉先生寄去。此后，我于 1981 年 11 月 10 日收到了政清同志回信：

刘德有、顾娟敏二同志：

您们好！

自从老刘同志翻译的内山嘉吉先生文章在《文汇月刊》刊出后，遵老刘之嘱，寄出 10 册月刊给内山先生。今接内山先生来函一封，由于本报无人识得日文，犹如盲人，故祈请二位抽暇代为译出，不知可否？如蒙慨允，不胜感激之至，并请将译文和原文一并退下为荷。

即此。

即颂译安！

上海文汇月刊

孙政清

孙政清同志 12 月 4 日好意地给我们寄来了第 39 期《文汇报》生活副刊，上面刊登了内山嘉吉先生的来信译文，而且加了编者按。按语说："为了配合鲁迅诞辰 100 周年和鲁迅主办上海木刻讲习会 50 周年纪念活动，《文汇月刊》今年 9 月号'纪念鲁迅诞生 100 周年'特辑中，刊出了日本内山嘉吉的《鲁迅与木刻》一文……最近收到了内山嘉吉先生的信。……9 月 6 日当译者刘德有在北京机场向内山嘉吉谈到《文汇月刊》9 月号刊登了他的文章时，他很高兴，还说，他从未看过《文汇月刊》。月刊部因无外汇，无法汇寄稿费，故将载有内山嘉吉文章的 9 月号刊物寄给他。现将内山嘉吉先生给月刊部的信，请顾娟敏同志译成中文，刊登在此。"下面是内山嘉吉来函全文：

上海文汇月刊编辑部台鉴：

10 月 6 日惠函奉悉。来函中提到的《文汇月刊》9 月号 10 册确已拜领。刘德有先生的摘译也已拜见，谢谢。

我与刘先生交往已久。1955 年他随郭沫若先生一行首次来日①，从那时起，我就与他相识。1956 年，我作为出版交流代表团的一个成员，第一次访问解放后的中国时，从北京至深圳的长途旅行，也是他一直照料的。后来，他多次访日。而且，作为驻日记者，他在日本逗留了十数年。在这一期间，他对我的盛情厚谊，是难以用言语表达的。他是我终生难忘的一个人。

我的拙著由这位刘先生摘译成中文，这使我感到很荣幸。这是因为他擅长日语，因此，我想他充分地——或者说更出色地——把拙文准确地译成了中文。由于这位刘先生的摘译，拙文被介绍给中国朋友，这使我感到无比喜悦。

我（这次访问中国）向鲁迅先生有关的贵国各机关以及相识 50 年之久的（中国）木刻家赠送了拙著，因此，我很希望能听到

---

① 我第一次访日，应为 1955 年春随雷任民率领的中国贸易代表团。

各方面对它的批评。如蒙贵社搜集这些书评并转告我，将不胜感谢
之至。请多多关照。

　　顺致谢意并奉函拜托

内山嘉吉

1981 年 11 月 6 日

于东京内山书店

鲁迅诞辰一百周年与内山一家

刚下飞机的 81 岁高龄的内山嘉吉先生微笑着由通关口走进候机大厅。他比我们上次见面显得消瘦了些，手里还拄着一根手杖。但他却精神矍铄，思维敏捷，看不出最近曾动过一次手术。

这是 1981 年 9 月 22 日晚。内山嘉吉先生一行是乘 CA926 班机刚刚抵达北京新机场的。与他同机到达的还有内山嘉吉夫人松藻女士、内山完造遗孀真野、嘉吉的长子内山晓、三子内山篱及夫人静江、原上海内山书店店员儿岛亨。中方前去欢迎的有中日友协代表赵安博、萧隶华、贾蕙萱，外文出版局系统有康大川、邵公文、曹健飞、刘璇、施汉卿等。周海婴及夫人马新云带着儿子也前来欢迎。我看到在人群中还有版画家江丰的身影。

内山嘉吉先生一家是为参加鲁迅诞辰 100 周年纪念活动专程来北京的。

内山篱先生为了此事，曾于 8 月份给我来过信，说是有事要与我商量。那时，我在外文出版局任副局长。新中国成立后，东京的内山书店一向与外文出版局下属的国际书店有业务往来，加上我与内山嘉吉一家是老朋友，他们来中国有事，常常找我商量。

内山篱在信中说，周海婴已通知他，中方筹委会将发出邀请。但有两件事感到不好处理。一是周海婴告诉他们，来访者中，内山嘉吉夫妇和内山完造的遗孀——内山真野三人将由中方负担费用。而他们原来的想法是所有成员都应当自费。理由是：现在时代不同了。以前访华的日本人从某种意义上说，都与中国有某种特别的关系，需要中方接待。而现在任何人都可以访问中国。因此，内山嘉吉的意思是想作为一个普通的旅行者访问中国。这对于一个高龄者来说，精神上和肉体上都会感到轻松。二是大哥内山晓是国立山梨医科大学的教授，因为是国家公职人员，访华时需要中国医学界的邀请信，以便校长上报到日本政府文部省批准。内山晓是研究癌症的，他想访问北京和上海的癌研究所。关于这两件事，希望能得到刘先生的协助。内山篱在信中还说，他父亲内山嘉吉 7 月 21 日动了前列腺手术，结果良好，估计本周即可出院。

我接信后，立即回信，并把内山篱提出的两点要求，转告给有关方面。

9 月 9 日，内山篱再次来信，说中国大使馆已通知他，表示全员来往的国际旅费由日方负担，在中国的费用由中方负担。内山说，既然如此就"恭敬不如从命"了。第二件事，中华医学会已给内山晓发来邀请信，因此已通知他立即办理手续。

9 月 11 日，内山嘉吉先生又亲自给我来了一封信。他说："自从 6 月因病住院后，一直卧床，不能执笔，故让儿子给您写信，提出一些要求，麻烦了您，实在过意不去。"信中说："出席鲁迅诞辰一百周年活动是我们一家商量决定的。筹备委员会的美意，我们只好领受了，衷心感谢中方的好意。这次，除了我们家族外，还增加了一名——儿岛亨。他是从前上海内山书店的店员，曾受到鲁迅的关爱。儿岛性情很好，也很喜欢小孩儿。海婴小时，经常跟他玩耍。不久前，他组织福山地方代表团访华，受到上海和北京的鲁迅纪念馆以及海婴一家的热烈欢迎。现在认识鲁迅的人越来越少，在这种情况下，曾经目睹过鲁迅日常言行的儿岛把他的见闻写成文章，送给各个方面。我将告诉他，这次访华时一定给先生也带去一份，请您一阅。"内山嘉吉先生同时寄来了访华日程。

在 4 号贵宾室，宾主寒暄后，内山嘉吉先生站起来讲了一番话。本来大家要他坐着讲，但他执意要站着。他说："每当我来到北京或上海时，就像回到了自己的国家一样。这是因为我哥哥在上海住过，我也时常去，家里的人也常去的缘故。因此，我感到中国是我的第二故乡。特别是完造在中国时承蒙关照，而且他在北京逝世时，给了他很高的礼遇。他的墓至今保存在上海，我对此很感谢。由于我哥哥与鲁迅曾有过来往，并受到他的关怀，所以我们也受到你们的欢迎。从这个意义上说，我们很感谢鲁迅。我本人同鲁迅见面至今已 50 年，实际上，比 50 年还要早一二年。今年是鲁迅诞辰 100 周年，中国要举行纪念会。鲁迅只活了这 100 年中的五十几年，但他的贡献是伟大的。"说到这里，内山嘉吉显得很激动。他接着说："在这值得纪念的 100 周年时，我们受到邀请，衷心表示感谢。我的大儿子是第一次访问中国。我相信他也会在心中留下深刻的印象，而且会与中国结成永远友好的纽带。"

翌日中午，外文出版局在北海公园仿膳饭庄设宴招待内山嘉吉先生一行。中方出席者有现任局长段连成、老局长罗俊，还有邵公文、曹健飞、刘璐和我。

我事前为段连成局长起草了一份讲话稿：

内山一家，是中国人民的老朋友。内山完造先生是鲁迅在上海时的挚友。上海的内山书店是鲁迅晚年活动的重要场所。从 1927 年 10 月 5 日鲁迅第一次出现在上海魏盛里的内山书店到 1936 年 10 月 19 日他逝世为止的 10 年间，鲁迅受到了内山完造先生的莫大的关照和帮助。他们两个人的关系一开始是从顾客与书店主动关系出发的，但鲁迅越是到了晚年，越是受反动派的压迫，就越加深了同内山完造先生的亲密关系。内山完造先生对鲁迅救中国、为中国的未来从事的工作也产生了强烈的共鸣。新中国成立后，内山完造先生作为日中友好协会副会长曾多次访华，但不幸于 1959 年 9 月来华参加国庆时病逝。今天，他不在我们中间，这是一件极大的憾事，但是我相信，他在天之灵一定会为我们的欢聚而感到高兴。

今年不仅是鲁迅诞辰 100 周年，也是鲁迅在上海举办木刻讲习会 50 周年。我们知道，内山嘉吉先生担任了这个讲习会的讲师，他在中国新木刻运动起步时，曾做过可贵的贡献，并为促进和发展日中友好与两国的文化交流做了不懈的努力。

东京的内山书店同我们外文局有关单位，特别是同国际书店以及日文三刊——《人民中国》《北京周报》《中国画报》有着极为密切的关系。提起东京的内山书店，我们都感到很亲切。在座的罗俊同志年轻时在日本学习期间就曾去过那里。如果说上海的内山书店曾为传播进步思想做过有益的工作，那么东京的内山书店在新中国成立后为介绍新中国和发展中日文化交流做了大量工作。这是有目共睹的。我们要感谢内山书店几十年如一日为推广和发行我局出版的日文三刊以及日文图书所做的努力。在这里，我要特别提一下，去年 9 月邵公文同志率领国际书店的几位同志访问日本时承蒙内山书店和内山先生全家的亲切款待，借此机会向各位表示深切的感谢。衷心祝愿我们之间的友谊与合作不断加强和发展。

段连成局长讲完，内山嘉吉先生站起来，即席讲了一篇话。他的讲话真挚、友好，充满感情。他说：

大家以温暖的友情欢迎我们，使我们能荣幸地参加即将在北京举行的纪念伟大鲁迅诞辰 100 周年大会，对此我首先表示感谢。

我哥哥内山完造，是一个具有这样性格的人：他想到的事，不做是不罢休的，因此，他有机会同鲁迅相识，并在鲁迅遇到困难时帮助了鲁迅。因此，我认为我哥哥是一个幸福的人。我这次到中国，是跟我哥哥一起来的。现在，我就出示证据。

说罢，内山嘉吉先生转身取来一支藤手杖，边出示边说：

这是我哥哥曾经爱用的手杖。记得 1956 年鲁迅逝世 20 周年时，完造为了参加纪念会访问中国，这支手杖是他在重庆买的。后来，我从哥哥那里要来。你们看，这手杖的把手，浸透着哥哥的手汗。由于我哥哥与鲁迅有过那样的关系，我这次就带着这支手杖来了。请你们把它看作是我哥哥的形象吧。

刚才，你们对我哥哥和我说了过奖的话。我哥哥不过是做了一些他应该做的事而已。正因为如此，他有机会同伟大的鲁迅先生加深了友谊。同时，他与中国的文艺界人士，与为争取解放而斗争的人们结成了深厚的友谊。而这使上海的内山书店的生意兴隆了起来。对此，我哥哥感到高兴，我也感到高兴。

关于成立东京内山书店，我哥哥曾说，日本人应当更多地了解现代中国，因此应当看现代中国的书报。当时，我正好被成城学园革职，闲着无事可做。我哥哥便要求我来干。我听了哥哥的主张，越听越痛切感到当时日本的当政者对中国所干的事是惨无人道的。于是，我接受了哥哥的要求，并让我内人也参加了进来。1971 年我访问中国时，对国际书店也讲过，东京的内山书店是以我内人为中心的，而我这次是作为"随员"来的。可以说，东京内山书店从成立那一天起，直到我儿子篱接班为止，是由我内人支撑的。

我刚才在休息时谈过，日本的社会已发生了急剧的变化。我们这些老人不能再出面了，所以就让年轻人来做。要接内山书店的班，就必须会中文。我便让三儿子内山篱去学中文。当时他说，大哥当了医生，二哥搞戏剧，为什么要把继承家业的包袱甩给我呢?!但是，后来他进高中学习，逐渐懂得了我哥哥完造以前做的事的意义，懂得了日本当政者从前在中国所干的勾当。就这样，他考上大学后便学习了中文。我也放了心。他是我最小的儿子，家业只能托付给他。幸好，在大学时，他的老师是藤堂明保先生。听说他学得还不错。但他说学校里学的中文是没有用的。他之所以能讲中文，还是他当了内山书店的代表到香港和中国内地，同中国人接触、谈话、实践的结果。我听说，他的中国话已经达到了可以用中文"吵架"的程度。我相信，东京的内山书店今后一定会进一步努力。我的另外几个儿子尽管从事其他工作，但是他们也会增加对中国的理解，今后也会为促进日中友好而努力。

至于我自己，为鲁迅仅仅做了一点不足挂齿的事。但今天你们如此夸我，我感到很惭愧。中国现代木刻之所以取得成就，是因为鲁迅指导的正确，以及中国木刻家努力的结果。这一点，充分体现在纪念上海木刻讲习会举行的抗战八年木刻展上。中国木刻当时取得了惊人的发展。

今天担任中国美术家协会会长的江丰先生是当时参加木刻讲习会的13个学员中的一个。学员中，有的年纪很轻就已故去，有的人还健在。这些健在的人都从鲁迅先生那里学习了鲁迅的思想和人生观。曾经跟鲁迅学习木刻的人不到20人，但是他们继承了鲁迅的精神，又去指导年轻人，使中国的版画发展到今天的地步。最后，我想讲个笑话来结束我的讲话：耶稣曾有过 13 名弟子，其中一人——犹大，成为耶稣的叛徒。鲁迅指导的木刻讲习班的学员也是 13 个人，但是却没有一个是背叛鲁迅的。这表明，鲁迅指导的正确和中国青年对鲁迅的倾心。

成仿吾与《共产党宣言》

　　成仿吾这个名字，新中国成立后不久我就听说了。我之所以注意到这个名字，也许是由于他早年在日本留学，跟郭沫若一样毕业于冈山第六高等学校，而后就读于东京帝国大学工学部。另一个原因，大概是他在 20 世纪 20 年代与郭沫若、郁达夫等人曾组织创造社。我对这一段历史比较感兴趣。我一直希望有机会见他一面。

　　到了 20 世纪 50 年代，有一次，我临时被借调到和大（中国人民保卫世界和平大会委员会）担任一个宴会的日语翻译。宴会的主人便是成仿吾同志。由于工作上的关系，我多次见过郭沫若，便想象成仿吾也一定是风流倜傥、举止潇洒的知识分子。出乎我意料，他沉默寡言，给人以朴讷、不善交际的印象。

　　没想到，事隔 30 年，在筹备成立中国翻译工作者协会时竟有机会再一次见到成老，并听他讲述翻译《共产党宣言》的往事。

　　那是 1982 年，由中国外文出版局牵头筹备的中国译协有了眉目，领导机构组成人员的名单也基本上定了下来，只差名誉会长有待确定。经时任外文出版局局长的吴文焘和马恩列斯著作编译局局长姜椿芳二人商量，决定把成仿吾同志请出来。进入 6 月份，吴文焘局长要我跟成老的秘书、在中国人民大学工作的陈光同志联系。

1982 年 6 月 19 日早晨，我们抵达成老的家。那一天，云层较厚，虽然已是初夏，但气温较低。我面前的成老，穿着朴素，在衬衣上套了一件薄毛衣，下身穿了一条灰色的裤子，脚上是一双凉鞋。书房的摆设十分简单，墙上挂着毛主席坐在椅子上的彩色照片，窗户边放的金鱼缸，给这个不大的书房带来活力和生气。屋内有收藏"二十四史"的橱柜和另外两个书橱。除了茶几和沙发、椅子外，所占面积最大的，要算是摆在书房中央的那张书桌了。

由于成老在延安时曾任陕北公学校长，而吴文焘同志曾在那里学习过，所以文焘同志称呼仿吾同志"校长"。文焘同志说，成老曾翻译《共产党宣言》，这是最基本的文献，大家一致推举成老做译协名誉会长。

说到早期的《共产党宣言》译本，据我所知，最早以中文介绍《共产党宣言》的时间是 1906 年 1 月，日本东京的同盟会出版的《民报》月刊第二号，登载了朱执信编译的《共产党宣言》的十大纲领。两年后的 1908 年，刊行于日本的《天义报》刊登了民鸣译的《共产党宣言》第一章。1919 年 4 月 6 日出版的《每周评论》也选译了《共产党宣言》的部分章节。作为中文全译本出版是在 1920 年 8 月，译者为陈望道，署名陈佛突。这一版本，是根据日文版，参考英文版翻译的。日文书由戴季陶提供，英文书是陈独秀从北大图书馆借出的。早期的《共产党宣言》中译本还有几种，如 1938 年中国书店出版的由成仿吾和徐冰合译的《共产党宣言》、1943 年延安新华书店出版的博古的译本等。

"陈望道翻译的那本《共产党宣言》是从日文翻译过来的。"成老边回忆边说，"我第一次翻译《共产党宣言》是从德文翻译的，那是 1929 年，是在莫斯科的蔡和森要我翻的。我译好后，托人带到莫斯科，但由于蔡和森已调回国内任广东省委书记，没有找到，译稿也就石沉大海了。"

"第二次翻译，是 1938 年在延安与徐冰合作。这次翻译，根据的是德文本，比较好。当时延安没有德文字典，就是凭脑子记的单词来翻。如果能找到一本字典，就是宝贝。"成老说，"当时，出版社给了我 5 元稿酬，也给了徐冰 5 元。徐冰喜欢喝酒，我们用这钱在机关合作社吃了两顿。"

成老接着说，当时陕北公学的马列主义课曾把这本《共产党宣言》作为教材。之后，博古根据俄文出版了一种"校译本"，改正了某些缺点，但离德文原著远了些。正如李逵六同志在《成仿吾同志译事回忆》一文中所说那样："这部译著的问世，在当时传播马克思主义的阵地上，可以说是光华夺目的闪电，引起雷鸣般的反响。"

据我所知，成老于 1945 年从晋察冀边区回延安参加党的七大时，曾抽空对《共产党宣言》译稿做过一次较大的修改，并把定稿交给了解放社。但不久国民党军进攻延安，译稿也就不知下落了。1952 年成老在中国人民大学期间把延安版的译稿又稍加校正，印的份数很少，供中国人民大学和东北师范大学校内使用。成老是为了纪念《共产党宣言》出版 105 周年、马克思诞生 135 周年做这项工作的。

"我第三次翻译《共产党宣言》，是在 1975 年，那时已经有字典了。"成老风趣地对我们说。

据成老介绍，这次是他给毛主席写了报告，请求做马列原著的校译工作。毛主席很快就批下来，说翻译马列著作很好。于是，成老和山东大学调来的 8 位同志一起做校译工作，在隔壁开辟了一个办公室。每天早晨开会，对着原著，一句一句地改。"我三次翻译《共产党宣言》，这个版本是最准确的。"文焘同志也说，这是最重要的一个版本。

最后，文焘同志简要汇报了译协的筹备情况，把中宣部的批件递给了成老，请成老出任中国译协的名誉会长。批件后附有拟议中的译协理事和领导班子的名单。

成老说："人很多啊！还有不少'老人'。人多好办事。有时，也可干坏事。现在，文学界的翻译，有些是粗制滥造。"

文焘同志说："有面旗帜就好，对后辈就是一个号召。"

"我是老马。"

"老马识途。"

从成老家出来，陈光同志说："朱德同志看了成老最后翻译的《共产党宣言》，说译得好，文字好读，希望以后把这一工作继续下去。当时，朱德同志与成老会见的地点，就是刚才我们谈话的那个房间。那是朱德同志最后一次见成老。"

狂言大师野村万作的中国情结

日本有一位狂言大师，名叫野村万作。

"狂言"二字，中国人一听，会联想某人口吐狂言，印象肯定不佳。日语的"狂言"一词，有贬义——是"撒谎"的意思。但它也指传统戏剧的一个剧种。通俗地讲，就是以风趣幽默为特点的一种喜剧，内容基本上是讽刺历史上的统治阶级，专门出那些愚昧无知的王公侯爷的洋相。因此，狂言在日本颇受民众的欢迎。

日本戏剧界有好几位狂言大师，野村万作便是其中的一位。他跟中国关系密切，曾到中国来访多次，我与他很早以前就相识。

记得那是 1998 年 12 月，我到日本出差，住在后乐园附近的日中友好会馆。早晨醒来打开电视，看日本广播协会（NHK）电视台的早间新闻《早上好，日本！》

没想到，荧屏上突然出现狂言大师野村万作跟中国著名的昆曲表演艺术家张继青女士合作演出《秋江》的录像。由于我没有思想准备，未免吃了一惊。

通过电视节目我知道，日本的狂言和中国的昆曲是第一次进行这种形式的合作，我感到兴奋。应当说，这是两种不同的艺术形式、两种不同语言的戏剧的完美融合。你看，妙龄尼姑陈妙常不顾一切去追赶她的心上人——青年学子潘必正。因为潘必正要到临安去考试，之前早已乘小船远去。

陈妙常慌忙地赶到江边，急切地要求老艄公为她去追赶那位心上人。而热心肠的老艄公却不慌不忙，故意放慢节奏，一面跟这个陈妙常打趣，一面驾舟往前追。由于他不那么使劲地摇橹，所以这位尼姑心急如焚，特着急。但是老艄公心中有数，最后还是让她追上了他。

这次的合作演出是这样安排的：尼姑陈妙常的台词用的是汉语，因为张继青是中国演员。而艄公，由于是野村万作扮演，他不会讲汉语，只能讲日语。尽管一个讲汉语，一个讲日语，但是他们二人配合默契，严丝合缝，丝毫不给人以不协调的感觉。这样一种新尝试，日本的一般观众能否看懂剧情呢？完全能够。我发现演出时还配有字幕，因此一点问题也没有。

提起中日合作演出《秋江》，野村万作总是表现得特别兴奋。后来我在北京偶遇张继青女士，交谈中，她回顾了跟野村先生的那次合作。听得出来，她很怀念。

狂言和昆曲，都有 600 多年的历史，而且 2001 年，这两个剧种都被联合国教科文组织指定为非物质文化遗产。

狂言是日本中古时期产生的民间喜剧，也就是公元 14 世纪后半叶到 16 世纪，相当于中国明朝，也正是西欧的文艺复兴时代。狂言源于日本的猿乐。据说猿乐是"散乐"的传讹，原是隋唐时代从中国传去的杂剧，内容包括歌舞和杂耍，在这个基础上又加进了日本固有的音曲。后来受到中国元曲的影响，逐步地演变为能乐。其中有一些轻松诙谐的部分就逐渐地分化出来，独自成为狂言这种喜剧。

狂言和能乐是日本中世纪戏剧艺术中的一对孪生姐妹，它们虽各有特点，但又相互联系、相互依存。狂言和能乐常常同台演出，但是两者之间又有严格的界限。狂言每部作品都是不分场次的独幕戏，一般只有两三个角色。由于它来源于民间，和能乐相比，更富有人民性，一直保持着民间戏剧的独特风格。狂言在思想上、语言上、服装上、化妆上、表演上，都比较接近人们的现实生活。狂言的最大特点是幽默、滑稽，往往通过机警诙谐的台词，展开剧情，颂扬日本中世纪老百姓的那种淳朴和聪明，同时又用讽刺、夸张的手法暴露诸侯等上层社会人物的无知、无能、傲慢、贪婪、虚伪和狡猾。

由于狂言具有比较广泛的社会意义，它和能乐相比，具有更强大的生命力。

而能乐，现在在日本仍经常上演，我也看过几次。能乐一般的都戴面具，但有时不戴面具。台词，脱离人们的日常生活，用很深奥的语言。而且节奏非常缓慢，也可以说超乎想象的缓慢。所以，生活在节奏飞快的现代的人，往往失去耐心，看不下去。但在日本，至今确实有一批观众还是很欣赏的。我发现，能乐跟狂言一起演时，常常是狂言安排在前，能乐压轴。

说到狂言，我接触的第一个狂言，剧目叫《侯爷赏花》（日文原名是《萩大名》）。《侯爷赏花》讽刺一位王爷既不学无术，又不懂得风流雅事。换言之，这位王爷是不折不扣的大笨蛋。一天，王爷的大管家向王爷推荐，到一户人家的花园去赏花。这种花叫胡枝子（日语叫"萩"）。然而，花园的主人与众不同，他确定了一条规矩：你来赏花，我欢迎，但必须要当场吟诵一首自己作的"短歌"。"短歌"是日本的一种文学形式，共五句——5 音、7 音、5 音、7 音、7 音，总共由 31 个音组成。对于一般人来说，即兴作一首"短歌"，谈何容易！王爷很想去赏花，但他不会作"短歌"，这一下子可难坏了王爷。于是，大管家事先给他作好了一首，并与王爷事前约定好暗号，说到时我会递给您暗号，使眼色，您就见机行事。

双方约定好的这首"短歌"是：

> 花开有几重？
> 猜有七重或八重，
> 甚至是九重。
> 谁料竟然开十重，
> 胡枝子花绽园中。

谁知这位胸无点墨、笨头笨脑的王爷，到了花园后竟把暗号忘得一干二净。结果，到吟诵"短歌"时驴唇不对马嘴，闹出天大的笑话来，惹得花园主人十分扫兴，大煞风景。见势不妙的王爷，只好跟着大管家仓皇而逃，溜之乎也！

2007 年，野村万作先生被日本政府认定为"人间国宝"。所谓"人间国宝"，就是由国家依法选出的文化艺术界有特殊贡献的顶尖人物。这一年，野村万作从狂言剧目中选出 18 首重头戏，取名《万作狂言 18选》。其中就包括《王爷赏花》。我是多么地想亲眼看一看这位狂言大师在演出《王爷赏花》时的舞台风采和光辉形象啊！遗憾的是，至今我还没有机会欣赏野村万作先生主演的这出戏。

虽然我没有欣赏到《王爷赏花》，但我有幸在北京看过野村先生主演的"18 选"中的其他两出戏。一出是《二人一裤》，另一出是《捆棒》。

《二人一裤》是 2001 年 5 月日本舞蹈家花柳千代率领的日本传统艺术代表团访问中国时，由野村万作先生和他的公子野村万斋联袂演出的（顺带说一下，野村万斋，颜值极高，长得非常潇洒出众，经常出演电影、戏剧、狂言等，在日本特有人气，红得发紫）。《二人一裤》说的是有一户人家的女婿，结婚后第一次要去拜访老丈人。由于不好意思，女婿就让其父跟他一块儿去。但又不能父子二人同时去见。怎么办呢？他们想出的妙法是：父亲躲在门外，儿子进屋。然而没有想到，父亲在门外等候时，却被那家的大管家发现，大管家禀报主人。主人要大管家把亲家请进屋里。这一下，可惹来了不少麻烦。

为什么？因为日本有个习惯，女婿见老丈人时都得穿正式的服装，即作为礼服用的长裤裙。然而，父子二人只带了一条裤裙。于是，父子俩只好轮流穿这一条裤裙去见主人。戏中表现，一会儿是儿子去见老丈人，一会儿是父亲去见老丈人，他们俩轮流穿这一条裤裙。谁知新的麻烦又来了——这家主人说，你们两个人同时来见我，这一下难坏了父子二人。爱虚荣的父亲急中生智，把这条裤裙撕成了两半，一半给儿子，另一半他自己围在腰上，假装两个人都穿着裤裙。不料，主人为欢迎二人来访摆上了酒席，酒过三巡后，主人提议大家一起跳舞助兴。

开始时，父子俩怕露出破绽，跳舞时尽量不转身，因为一转身后面就露出来了。但是，最后还是露出了马脚，被这家主人和家人取笑。

这是一出思想性和艺术性结合得很好的狂言，它讽刺和鞭挞了爱虚荣、不实事求是的那种丑恶心理。由野村父子这两位名演员演出，可谓珠联璧合，十分精彩。

《捆棒》是2004年的6月3日晚，在北京东城的护城河——菖蒲河边公园内的东苑戏楼观看的。

当时有一位名叫川村耕太郎的日本朋友策划了一场名为《狂言、说书、插花之宴》的活动。这一活动的压轴戏，便是狂言《捆棒》。野村先生担任了剧中主角。剧情是这样的：主人要出远门，家里有两个用人，这两个用人特别嗜酒。主人担心走后用人在家把酒都偷喝了。怎么办？主人想出一个办法，把两个用人的双手分别用绳子绑在一根长棍上。先绑一个用人，然后再把第二个用人绑上。

手被绑在棍子上，当然不能动，但是这两个用人还是很有办法，趁着主人不在家，以双手被绑在长棍的姿态，千方百计打开了酒坛，把酒舀出来喝。那姿势实在是滑稽可笑。他们俩你帮我，我帮你。自己舀出的酒自己不能喝。于是，就想了一个妙招：甲舀的酒给乙喝，乙舀的酒给甲喝。这样，二人痛痛快快地大喝一顿，不仅过足了酒瘾，还喝得酩酊大醉。等主人回到家，以为家里平安无事——坛子里的酒一定保存得完好无损。然而，万万没有想到酒坛子全都空了。两个醉鬼躺倒在地，主人一看，气不打一处出。演出时，台词虽然是日语，但是中国观众看到这两个用人急中生智，巧妙地偷酒喝的那些幽默滑稽、可笑的动作，以及主人微妙的心理变化，不时地发出愉快的笑声。

狂言是日本老百姓的艺术，而且从某种意义上讲，是逗乐的艺术，这跟中国传统的讽刺剧有相通之处：有歌，有舞，有动作，有台词。野村万作先生说，他父亲是六世野村万藏。其父曾说过，狂言的台词比动作还重要。据我所知，中国戏剧界有一句话："千斤话白四两唱。"可见道白很重要。这一点，中日两国的戏剧是一致的。

如果问，野村万作先生的舞台表演艺术的特质是什么？是否可以概括为忠于艺术，在尊重传统的基础上，富有创意，具有鲜明的个性和节奏感？他的艺术风格是智慧和艺术的完美结合。

2009 年 5 月，野村万作先生又一次带团到中国来访问，这次访问可以说是他访华演出的集大成。这次除了在北京公演狂言外，还跟中国的青年学生举行座谈。座谈的形式就是边演边谈，与中国戏剧界人士进行交流。

这次的访华演出，不仅进一步加深了中国人民对日本传统戏剧的理解，而且还促进了中日友好和文化交流事业的向前发展。在这次访华期间，5月15日，中国艺术研究院向野村万作先生授予了"名誉教授"这一称号。野村万作先生对于获得这一殊荣，不仅高兴，而且极为重视，认为这是中国对他的艺术成就和献身中日友好文化交流事业最好的也是最权威的肯定。在这之后，野村万作先生一直希望能有机会向艺术研究院的学生们介绍日本古典舞台表演艺术——狂言。他向我说，我已经是中国艺术研究院的名誉教授了，我应当做一点什么，我想到艺术研究院来给大家表演一次。

他的这一愿望终于在2011年6月15日实现了，野村先生以中国艺术研究院名誉教授的身份应邀到北京来，举办了一场别开生面的带有现场表演的讲座和座谈会。中国艺术研究院的领导、研究院戏曲研究所所长和全体研究人员以及戏剧戏曲系的全体学生，还有中央戏剧学院、北京传媒大学、北京大学、北京日本学研究中心的教授、国家话剧院一级演员、北方昆曲剧院的原领导等，参加了这次活动。

会上，野村万作先生介绍了他的狂言之路。

野村万作先生1931年出生于狂言世家，师从于祖父及父亲。狂言原本附属于"能"即"能乐"，在20世纪50年代之前，狂言并不能独立演出，而且在演出和剧团体制方面受制于"能大夫"，其地位十分低下。曾毕业于日本早稻田大学文学系的万作先生，从青年时代起就立志要提高狂言的艺术地位，不仅努力磨炼演技，而且在日本国内及海外热心教授和普及狂言，与同行们一起创造了20世纪50—60年代的"狂言热潮"，使狂言能够独立成一台晚会进行表演，创造出古典戏剧在现代舞台艺术市场中自力更生完成演出和艺术传承的良好循环。野村万作的父亲和兄长，即第六代野村万藏和野村萬（按本人要求，"万"要写繁体字）都是狂言界的"人间国宝"，加上野村万作本人，一门中出现了三位"人间国宝"，可以说在日本戏剧史上没有先例，这充分说明他们是日本古典戏剧的代表性传承人。

野村万作先生深情回顾了他与中国的交往，说他1956年在东京观赏到梅兰芳和由他率领的中国京剧团的演出，并且第一次与梅兰芳、袁世海、李少春等表演艺术家进行了交流。当时给他留下的感动，成为他此后半个多世纪坚持不懈多次访问中国的动力。1976年初次访华，1982年带领狂言剧团初次公演，1989年、1992年、1996年多次访华演出。

讲座结束后，由万作弟子深田博治、高野和宪向大家进行解说和演示。狂言的舞台通过简单的道具创作自由的时空，上场自报家门，缓慢地走圆场即是改换场景，以及提袖掩面等表演程式，与中国戏曲大有异曲同工之妙。最后万作先生与两位弟子表演了狂言《蜗牛》，由于在解说部分同学们已经学会了《蜗牛》里的狂言小调，所以表演时大家进行了配合性的伴唱，现场气氛异常热烈。

下午，接着开了一个座谈会，首先放映了中日合作在东京国立能乐堂演出的昆曲《秋江》的录像。这便是我在本文开头提到的那次演出。出席者既有研究中日两国古典艺术的专家，也有实际从事舞台工作的演员、导演以及制作人，与会人士纷纷发表感想，赞扬中日合作的昆曲《秋江》的演出做到了天衣无缝。会上，有学者提出，野村万作先生所饰演的艄公，好像是京剧中的"副末"。尽管表演者用的是两种不同的语言，但表演是融为一体的。由此证明中日古典戏曲有共通点。与会者还就中日古典戏曲的渊源、中日两国的艺术交流、古典艺术在现代的传承等问题发表了意见。由于发言极为热烈，座谈会不得不延长一个小时。

记得 2007 年 7 月，日本政府在认定野村万作先生为"人间国宝"时，对他的评价是"在细致入微的演技中，蕴含着很深的情感，舞台表演轻妙洒脱而又具有品位"。野村万作先生是子承父业。父亲——六世野村万藏晚年的演技也被人们誉为"轻妙洒脱"。万作先生认为他的表演艺术是父亲表演艺术的延长，因此对于上述评价，他是非常高兴的。

野村万作先生 3 岁时，第一次登台演出了《靭猿》。饶有兴味的是，他的公子——二世萬斋（于 1970 年）和孙儿裕基（于 2003 年）也都在 3 岁那一年上演过这一剧目。不消说，给儿孙说戏的，都是野村万作先生。

尽管野村万作先生自小就登上了狂言的舞台，接受了父亲的严格训练，但从初中时他就开始对其他剧种和艺术形式，如歌舞伎、电影、少女歌剧等都很感兴趣，觉得它们富有创造性，而且自由奔放。1949 年，他考入早稻田大学后，加入了刚刚成立的歌舞伎研究会，每个月他都要去东京剧场或新桥演舞场去欣赏歌舞伎，有的剧甚至连续看好几次。由此可见，野村万作先生自小通过接触各种艺术形式，在表演艺术上汲取了丰富营养，大大地增长了他的艺术才能。

这一时期，他还观赏了许多狂言界老前辈表演的狂言，使他感悟到"狂言也是戏剧"，是写实的优秀的戏剧，并从狂言中发现了更多的现代因素，而且认识到正因为狂言是朴素简洁的，要求演员具备更高的表演技能，进而感到狂言才是日本戏剧的"原点"。进大学后不到一年，野村先生更加被狂言吸引，于是，跟友人一道在大学成立了狂言研究会，并于 1950 年 10 月 29 日成功地首演了名剧《三番叟》，从而得以袭名"二世万作"。

野村万作先生在艺术上是一位精益求精的人，也是一位刻苦、执着的人。他 1956 年第一次演出了狂言中的重头戏《钓狐》。当时他 25 岁。

后来有一次，决定要连续公演多日的《钓狐》。而要完成这一艰巨的任务，需要体力、耐力，还需要训练自己动作的轻盈。为此，他在公演开始前的一个月，在自家的公寓前每天早晨练习跳绳，然后跑步攀登 15 层的自己家。到公演前，他跳绳能连续跳 500 下，而且能一口气攀上 15 层楼。由于这一训练，使他在舞台上即使在做大动作时，也不气喘吁吁，身子变得异常轻盈，大大地提高了演出效果。野村先生通过这次《钓狐》的演出，获得了艺术节大奖。

他看到年轻演员安逸地简单模仿前辈演员的演技，便告诫他们不能只求形似。只求形似，就会使人感到你的演技肉麻和令人生厌。因此，他主张只能从老师的教导中体会其真谛。野村万作先生认为，学戏不是靠口授，而是靠身教。

野村万作先生虽然从事的是狂言的表演艺术，但他不断地挑战新事物，拓宽视野，吸取营养，提升和巩固狂言的地位。

1954 年，他越过狂言的藩篱，参加了话剧的演出。这在当时狂言界来说，是个大事件。他 1955 年参加演出过"前卫剧"——《被月亮附体的丑角》以及《彦市的故事》，1979 年参加演出了《子午线祭祀》（他扮演九郎判官源义经，并获得纪伊国屋戏剧奖）。他 1991 年在伦敦还演出过改编自莎士比亚剧的狂言。野村先生过去一直对狂言地位被贬低，被视为"能"的附属品这一点不满。他说，我演话剧是对日本戏曲的旧制度的反叛，也是对狂言被歧视的反感，通过演出话剧，吸取营养，吸取了话剧的一些优长，丰富了狂言的表演艺术。野村先生说，出生在明治时代的他父亲未能经历的事，生在今天的他经历了。就像喝牛奶的目的是为了吸收营养，而不是变成牛一样，野村先生学习实践话剧，不是为了使狂言变成话剧，而是为了更好地发展狂言这门戏剧艺术。他说，演员朝天悲叹，是希腊剧；狂言有狂言独自的戏剧性，狂言应当走自己的路，寻求自己的戏剧性。

应当说，野村万作先生的不断实践和努力，使狂言在日本一步一步提升和巩固了它的地位。现在，狂言在日本很受观众欢迎，评价极高。野村万作先生便是日本狂言界的一位杰出代表。从事舞台生活 70 多年的野村万作先生总结狂言的特质时指出：一是要符合人民的审美情趣，二是要引人入胜，三是要幽默诙谐。

野村万作先生不仅在日本国内积极开展活动，而且活跃在国际的文化交流舞台上。他早在 1957 年就参加过巴黎的国际戏剧节。那次的成功演出，大大增强了他开展国际文化交流的信心。他后来还出访印度、加拿大、英国、南美进行演出。1974 年应邀到美国夏威夷大学指导过狂言。

野村先生还积极投身中日传统艺术的交流。野村万作先生为发展中日文化交流、增进两国人民的相互了解和友谊做出的可贵贡献，是值得称道的。他忧虑当前的中日关系。他说越是在日中关系不好的时候，越应该开展文化交流，增进相互理解。现在这种交流比过去减少了。他热切地期望有那么一天能够更多地开展同中国的戏剧交流。

锣鼓声声东海天

——对京剧访日演出的几点体会

京剧是中华民族的艺术瑰宝，它蕴含着民族文化的精髓，折射出绵延数千年的中华古老文明，拥有非凡的艺术生命活力。尽管飞速前进的时代步伐使这一古老剧种的发展似乎有些缓滞，但京剧特有的艺术魅力，却依然使它昂首屹立于世界艺术之林而常青。通过国际文化交流，京剧早已走出国门，活跃在世界舞台上。我们的邻国日本，是京剧艺术传播较早、接触范围也较广的国度。也许可以说，日本是与京剧最有缘分的海外国家之一，京剧的魅力和京剧演员的精湛表演，使日本观众得到了独特的艺术享受。

新中国成立后京剧访日演出的丰富实践，为我们提供了许多可资参考的宝贵启示。今天，回望、反刍这些启示，也是一种"总结经验、以利再战"的"温故"之举吧。

一、组团东渡，弘扬国粹

1979 年 8 月，应日本国际交流基金会邀请，贺敬之率领中国京剧院三团，带着《大闹天宫》和折子戏《拾玉镯》《秋江》《三岔口》《霸王别姬》《水漫金山》《野猪林》等剧目到日本演出，取得巨大成功。该团历时一个多月，在东京等几个大都市共演出了 24 场，观众达 4 万人次。当时的日本首相大平正芳接见了京剧团领导和主要演员。在此之后，日本的民间文化团体——民主音乐协会（简称"民音"）等团体也曾邀请中国各地的京剧院团陆续访日演出。

中国人民对外友好协会（简称"友协"）和民音，从 2001 年起就开始了跟国家京剧院的近 20 年的亲密合作。在民音的盛情邀请和友协的积极推动下，国家京剧院先后在日本演出了经典剧目《大闹天宫》《扈家庄》《盗仙草》，以及为赴日专门打造的三国剧目《鞠躬尽瘁诸葛孔明》和水浒剧目《四海之内皆兄弟》，200 多场演出，让日本观众领略了京剧艺术的魅力。

2014 年恰逢京剧艺术大师梅兰芳先生诞辰 120 周年、友协成立 60 周年、日本民音创立 50 周年，同时也是梅兰芳大师首次赴日演出 95 周年，在这样一个值得纪念又非常特殊的时间，应日本民音的创始人池田大作先生再度邀请，国家京剧院第四次组团赴日，在于魁智副院长（时任）的率领下，一行 65 人携梅派经典剧目《凤还巢》《霸王别姬》从 5 月 5 日起拉开了在日本 30 个城市、历时 2 个月、共计 53 场的巡回演出，为中日两国的文化交流做出了积极的贡献。

说到京剧东渡，我不由得想起一位 1942 年出生于东京的老朋友——津田忠彦先生。

津田先生从 1986 年开始，直到新冠疫情暴发之前，几十年如一日，年年坚持邀请中国各地的京剧团前去日本演出。津田忠彦可以说在这一方面发挥了重要的中介作用，这是十分难能可贵的，令人由衷地敬佩。我认为，只有具备排除万难、勇往直前、不屈不挠的精神，并且具有很强的责任感和使命感的人，才有可能做到。

津田忠彦先生，本是一位话剧导演。1984 年曾带领日本世代剧团来华，演出了由他执导的描写鲁迅与恩师的话剧《藤野先生，再见!》。当时，我任文化部部长助理，曾在北京接待过津田先生一行。津田先生在访华期间观看了京剧，他深深地被京剧艺术所吸引，并喜欢上了京剧。他说："我第一次看京剧，就深感它的强大魅力，它是经过千锤百炼的艺术，日本没有一种艺术可与之相比。"这个产生于中国大地的西皮二黄的魅力，使他萌发了要让日本人民尤其是日本青少年了解、分享这种人类艺术瑰宝的想法，便决心投身于向日本观众介绍京剧的事业，从此他以经纪人的身份与京剧艺术结下了不解之缘。

为了从事这一文化事业，津田先生选择与中国文化部下属的中演公司（中国演出公司，现改名为中国对外艺术演出公司）合作，几十年来，先后组派北京（包括国家京剧院）、上海、天津、大连、沈阳、浙江、山东、山西、湖南、湖北、云南、福建、江苏、黑龙江、吉林等几十个京剧院团赴日巡演，演出上千场，观众总数超过百万人。随着京剧在日本商业演出的规模不断扩大，津田先生成立了一家京剧专营公司——乐戏舍。为了顺利推行这一事业，津田忠彦按日本通行的做法，积极地与日本主要媒体——有影响力的大报社合作，特别是与《日本经济新闻》建立了长期的合作关系。

京剧要在日本推广和整合营销，头一炮必须打响。1986年津田先生邀请首个京剧团——上海京剧院访日演出（当时的邀请单位，用的是话剧人社21世纪企画株式会社和财团法人日本青少年文化中心），剧目是《盗仙草》，受到观众的热烈欢迎。回顾几十年来赴日的演出剧目，均由津田忠彦与中演公司协商，精心挑选，包括《杨门女将》、《霸王别姬》、《三国演义》（日本通称《三国志》）、《孙悟空大闹天宫》、《五百年后孙悟空》、《火焰山》、《秋江》、《三岔口》、《雁荡山》、《白蛇传》、《盗仙草》、《柜中缘》、《钟馗嫁妹》、《贵妃醉酒》、《花木兰》、《昭君出塞》等，基本上囊括了京剧的经典名剧、名折。由于中国的名著《三国演义》《西游记》《水浒传》在日本早有多种译本，而且出版了各种改编本、绘本，摄制了大量影视作品，可以说这些名著的故事和典故几乎家喻户晓、妇孺皆知。因此，挑选的剧目与这些中国名著有关的居多。

据我观察，津田忠彦先生挑选的，一般都是最具代表性、最富古典美而又脍炙人口的剧目。开始时，他为了照顾刚接触京剧的观众，较多地挑选唱、白较少的戏，后来增加了日本观众熟悉的楚汉相争、三国和西游记等故事的戏，而这些剧目特别受到观众的青睐。神奈川县的一位妇女高野早苗带着女儿观看了湖北省京剧院演出的《楚汉春秋》后，说："赞！太棒了！故事悲壮凄美，舞台精美绝伦，唱腔柔润明快！"

据我所知，大连京剧团前后至少四次受邀访日，演出的主要剧目是《霸王别姬》。扮演项羽的杨赤和扮演虞姬的李萍，都是"梅花奖"得主。这出戏在中国国内一般只演一折，但在日本，津田特意安排二幕八场的全剧，这对日本观众来说是非常幸运的。津田兴奋地告诉我，这出戏很受日本观众特别是年轻观众的欢迎。1996年冬，我应津田先生邀请访日。11月30日下午，在津田陪同下，来到东京新宿文化大厅剧场，观看了杨赤主演的《九江口》，并与访日的大连京剧团全体演职人员见了面。有一年，津田还邀请北京京剧院演出了日本观众熟悉的《空城计》《古城会》。

2009年，为庆祝新中国成立60周年和纪念日中文化交流协定签署30周年，津田邀请湖北省京剧院的《徐九经升官记》、国家京剧院的《水浒传·三打祝家庄》、上海京剧院的《水浒传·乌龙院》、北京京剧院的《三国志·吕布与貂蝉》四台大戏、200位京剧演员同时赴日演出，得到了国家的大力支持。

说到日本人熟悉的《西游记》，2010 年 9 月，津田邀请湖北省京剧院访日，演出了《西游记——天蓬元帅猪八戒》。提起《西游记》，在日本最有人气的不消说是孙悟空，但风趣幽默的猪八戒也被认为非常可爱，深受人们欢迎。津田印制的"说明书"是这样介绍的：猪八戒在天界时曾是一位少有的美男子——天蓬元帅，但因饮酒失态，被赶出天界后，变成了八戒那样的怪物。他被贬到人间后，频频出错，丑态百出，动辄遭到孙悟空的戏弄。这次，"著名演员陈和平一人扮演双角，在舞台上摇身一变，转眼由猪八戒变成了孙悟空"。

津田曾告诉我，这次邀请湖北省京剧院访日还有一个意义，那就是庆祝他所申请的"特定非营利活动法人——京剧中心"获准成立。津田之所以要成立"特定非营利活动法人"的"京剧中心"，不是为了别的，正是因为"历经多年的实践经验，深知把这一活动划为商业性和继续追求商业盈利是不可能的"。"通过非营利法人的设立，以招募支持非营利活动的会员。非营利法人将与他们一道为增强日中双方的相互理解而继续努力，并探讨专门面向会员的演出事宜，追求以不同模式在日本开展京剧的演出活动，以便进一步在日本推广京剧"。

津田忠彦深信，艺术的引进与交流是中日友好的桥梁，也是教育下一代的好方式。说起来，日本的京剧观众除了一些老一辈人之外，真正了解京剧的人并不很多。津田说他有一次去某学校介绍京剧时，有一位老师竟然问他："京剧是不是'京都（日本的古都）'的地方戏？"由此可见一斑。由于中日双方长期努力，确实在日本培养了一批喜爱京剧的观众。这些观众中，不少人因喜爱京剧而喜欢上中国文化、喜欢上中国。还有些人由于迷上了京剧，因而从事与中国有关的职业。

然而，这项事业要长期地持续下去，重要的是如何在日本培养一批相对稳定的京剧爱好者。津田忠彦先生把目光投向了日本年青一代——

主要为日本的初中、高中学生每年定期演出。初期，每年为他们只演出一次，后来发展为每年春秋共演两次。为此，津田先生推出了一个有创意的新品牌——"日本青少年京剧剧场"。这一品牌的"足迹"遍及日本全国，通过直接把京剧艺术送入校园的形式，使京剧演出成为日本青少年接受中国传统艺术的鉴赏课，收到良好效果。这一活动为京剧艺术的海外普及和推广起到了积极作用，它的远期目标是培养小观众，将来等他们长大成人后，成为欣赏京剧的基本观众。不仅如此，津田还有一个良苦用心，那就是希望日本的青少年通过观看京剧能了解艺术是要经过艰苦磨炼的，要想成功就必须付出努力。经过津田忠彦先生的不懈经营，许多日本青少年喜欢上了京剧。据 20 世纪 90 年代初的民意测验，日本的京剧观众主体已非老年，而逐渐年轻化，60% 是 20～30 岁的年轻人。调查还表明，看过三次以上的观众竟达 47%。

我还注意到，津田忠彦在培养观众上颇有些超前意识。在互联网刚兴起时，他就率先开设了专门的京剧网站，还与国内各京剧院团和剧场的网站建立链接，向日本爱好者提供演出信息。1996 年，津田还创办了日本第一份日文版京剧报纸——《京剧笑眯眯新闻》，很多读者通过看这份报纸，培养了对京剧的兴趣。

津田忠彦深知，如何把日本观众吸引到剧场来，是最大的问题。他异常重视先期宣传，精心印制节目预报，免费送给每一位观众。他还在他办的那份报纸上，介绍访日演出的剧目、剧团、演员、导演等。津田注重节目单的作用，他不是照搬、照抄中国国内的节目单。他在日本印制的节目单，内容非常丰富，不仅有剧情介绍（有时刊出剧本全文），还有京剧历史、演员、行当、乐器、道具、化妆等的精美图片和文字介绍。津田充满自信地说："京剧不怕人看，就怕人不看。只要他们看了，就会意识到这是功夫很深的艺术，不像日本某些歌手没有什么基本功训练，就可以登台演出。"

津田忠彦曾对日本的市场进行了详尽的调查研究，并在此基础上，根据日本观众的接受习惯和特点，常常要求对剧目内容进行适当剪裁甚至合理的改编，推出适合不同观众的不同版本。由于他多年对京剧艺术的接触、熏陶和钻研，使他逐渐地成为一名"京剧通"，他对每一个剧目、每个行当、每个招式了如指掌，并持有独特的见地。他反对所谓的"大制作"，反对灯光布景的堆砌。他坚信京剧的唱、念、做、打完全可以展现京剧独特的魅力，舞台上不能喧宾夺主，埋没了演员的功夫。他对演出的要求十分苛刻，演员的表演必须到位，舞台要严谨，节奏要紧凑，灯光背景要有变化，音响不能太强，尽可能地体现演员的原声。场内配备的电子字幕一定要同步，而且要十分完美。在字幕台词和唱词的翻译过程中，遇到了一个问题，就是汉语比日语简练，由汉语译成日语，字数要多出三分之一。为此，如何使翻译的日文既简明又能忠实地达意，就成为必须追求的目标。在与中方合作中，津田还经常提出建设性或改进的意见，令中国的京剧同行十分佩服。

事物的发展总是要伴随许多的困难，绝不会一帆风顺，不会像所预想的那样一切都顺顺当当。几十年来，津田忠彦也有他自己的困惑，特别是2003年的"非典"给津田的团队带来了重创，2011年东日本大地震以及2019年底后三年的新冠疫情，对他来说更是雪上加霜。但他没有在困难面前低头，他总是充满信心，锲而不舍，想方设法去寻找合作伙伴，筹措资金。可以说，津田为筹措资金，熬白了头。在最困难的时候，他甚至卖掉了两处房产。不消说，在咬牙坚持的时候，有一段时间是相当艰苦的，但等到困难一过，津田也应该享受到成功的快乐。

2004年12月，在上海举办的第四届中国京剧艺术节上，中国政府文化部直辖的中国京剧艺术基金会为表彰对京剧事业做出突出贡献的人士，将"金菊奖"颁给了津田忠彦。这对津田来说，是最高荣誉。津田忠彦是获得该奖项的第一位外国人，津田手捧奖杯，感慨万千，激动地流着热泪，连说："这不是我的功劳，是京剧的魅力。"

津田忠彦从心底里热爱中国文化，热爱京剧。他努力要把自己融到中国人民的生活当中去。有一次他到我家里做客，一起吃了一顿家常便饭——芝麻烧饼和五花肉炖酸菜粉条。看得出，他对自己能直接接触到中国百姓的饮食文化，十分开心，放下筷子，似乎意犹未尽。我望着这位与中国京剧结下不解之缘的来自日本的文化使者，感到他是一位名副其实的日中文化交流事业的积极参与者和推动者。从 20 世纪 80 年代我们相识后，这么多年过去了，他经历了多少艰难困苦，又经历了多少酸甜苦辣！但，这一切都是值得的。

为了中国的国粹——京剧艺术在海外的推广，为了京剧国际交流的大力开展，今后我们多么需要更多的津田忠彦啊！

二、同台演出，移植创新

京剧演员与歌舞伎演员合作同台演出，是中日戏剧交流史上具有开拓性的创举。

1989 年，中日两国在戏剧交流方面出现了一种新的合作方式，即京剧和歌舞伎联合在日本同台演出了大型神话剧《龙王》。《龙王》这个剧目，融中日两大传统艺术为一体，创中日艺术交流之新，成为中日艺术交流百花园中的一朵奇葩。

《龙王》，是由中国京剧院著名表演艺术家李光等与以日本家喻户晓的著名演员市川猿之助（三世）为首的歌舞伎剧团共同编剧、创作和排练，并由 300 多名中日演员同台演出的一台具有重要意义的交流节目。剧本由中国京剧院吕瑞明院长（时任）与日本歌舞伎专家奈何彰辅编写，市川猿之助（三世）任总导演兼日方主演，李光出任京剧导演兼中方主演。

中方之所以能与三世市川猿之助进行这一合作，我认为在当时的历史背景下，有两个重要条件。

第一，市川猿之助（三世）的祖父——二世市川猿之助（艺名同，又称猿翁）起了重要作用。二世市川猿之助热心中日友好事业，新中国成立后，是 1955 年第一个率歌舞伎剧团来我国演出的歌舞伎艺术家。他与中国京剧院首任院长梅兰芳大师结为挚友。翌年，梅兰芳院长率阵容强大的中国京剧团赴日演出，二世市川猿之助携家人观看演出。受家庭影响，老猿之助的孙子三世市川猿之助从小就对京剧艺术特别向往，在梅兰芳率团访日公演期间，他"被京剧的魅力所深深吸引，连日逃课去歌舞伎座观剧。全部 30 出戏，看了 26 出"。中日戏剧交流丰厚的历史积淀成为推动《龙王》一剧诞生的主要动因之一。《龙王》这个合作项目，就是这位三世市川猿之助于 1986 年秋最早提出建议的。

第二，三世市川猿之助一向热心推行歌舞伎改革。20 世纪 80 年代后期，在日本歌舞伎舞台上产生了被称作"超级（super）歌舞伎"的新的表演形式，即用古典歌舞伎的传统技法与现代舞台大制作相结合的艺术形式，创造美丽壮观、惊险豪华的场面进行演出。1986 年，首次演出"超级歌舞伎"的处女作《倭建》（Yamato Takeru，据传是景行天皇之子），剧作者是日本著名文化学者梅原猛，取材于日本历史古籍《古事记》中的神话故事。三世市川猿之助是一位"超级歌舞伎"艺术探索的重要组织者、策划者、实践者。他是一位具有卓越想象力的表演艺术家，由他一人身兼舞台脚本、主演、导演、舞台美术等四项职务。在为时 10 个月的演出中，观众达 50 万人次，观众情绪之热烈，前所未有。但，由于"超级歌舞伎"反复运用风靡一时的"宙乗り（演员吊钢丝腾空)""快变、多变"等现代化舞台设施，在日本文艺界引起了争议。据我们所知，日本歌舞伎界在艺术探索方面一向存在着两种倾向：一种是以市川团十郎为代表的，主张歌舞伎应保持所有的传统艺术形式；另一种是以上述三世市川猿之助为代表的，主张歌舞伎开拓创新与改革。这种新的探索，得到了具有近百年历史的大演出商——松竹公司的大力支持。

中日合作演出《龙王》，是经过双方磋商构思的一个把中国神话人物与日本神话传说人物融合在一起的故事。《龙王》以殷商时期的"武王伐纣"为大背景，以中国家喻户晓的神话人物哪吒和日本传说中的经典形象海彦为主角，描绘了二人不畏强敌、不惧牺牲、齐心协力击败邪恶势力——东海龙王的故事。该剧在故事取材、创作原则、立意构思以及舞台艺术设计等方面都是值得称道的。首先，该剧取材自中国古典小说《封神演义》，剧中蕴藏着丰富的民族文化和民间信仰，这些都向日本观众展现了中国作为文明古国的独特魅力。其次，剧本创作方面坚持了"以我为主""兼收并蓄"的原则，注重传播中国古典文化。演出中，京剧部分不仅有武打、舞蹈等载歌载舞的艺术场景，而且有抒情场景，较全面地表现了中国京剧的艺术魅力。与此同时，该剧也巧妙地融合了日本的本土文化，中日两位主人公的人物设计提高了该剧的融合度和接受度。更为重要的是，该剧立意构思精准，通过哪吒与海彦二人勠力同心击退邪恶势力的故事，向日本观众展现了中国作为一个东方大国"开放、合作、包容、正义"的正面形象，同时也传达了中日两国世代友好、合作共赢的美好愿望。最后，在创编过程中，双方在伴奏、舞美等多个方面展开合作，既凸显了各自的特色，又充分融合了两大戏剧的艺术精髓，让日本观众得以在艺术享受中感知中国文化的魅力。

在剧中，三世市川猿之助扮演海彦，这位歌舞伎艺术家的精彩而又娴熟的演技，受到观众特别是年轻观众的追捧和喜爱。而来自中国的著名表演艺术家李光，则充分发挥了京剧中唱、念、做、打、舞的传统技巧，成功地塑造了神话中的哪吒形象，给日本观众留下了极为深刻的印象。

通过这次合作，中日两国艺术家之间在艺术方法上、刻画人物上，互相借鉴、取长补短，双方都有所收益。对我国的京剧工作者来说，增强了振兴京剧的信心，同时也进一步认识到，京剧要繁荣发展，必须在继承京剧传统艺术的基础上，博采众长，创造革新，而这种创造革新又必须保持自己剧种的特色，同时也要注意使自己的艺术和现代舞台技术条件相结合。《龙王》获得成功的原因之一，就是它在保持京剧、歌舞伎写意性的表演艺术的前提下，充分利用了舞台照明和风格化的布景、大道具以及转台、升降台等现代化的舞台技术条件，有力地烘托了表演，造成了五光十色的天上、人间、海洋、龙宫等瑰丽的神话场景。

《龙王》在日本连续演出了 3 个月，共 111 场，场场爆满。在东京演出期间，曾被日本政府指定为招待正在访日的以李鹏总理为首的中国政府代表团的特别节目，《龙王》在票房以及媒体评价方面也表现不俗。不仅高达 1.5 万日元的戏票在演出前一周就销售一空，甚至还出现了供不应求的情况。时任驻日大使的杨振亚记录了首演当日的盛况："观众很早就进入了剧场，坐满了 1400 多人的剧场，一些观众不得不坐在楼上的过道观看。"第二天，东京各大报纸都在显要位置刊登了首演的消息，电视台也播放了演出盛况。日本广播协会（NHK）电视台用通信卫星向世界 43 个国家和地区播送。

可以说，《龙王》的演出，轰动了整个东瀛——日本，它开了跨国传统文化合作创演的先河，为京剧艺术探索出了国际文化合作交流的新途径、新思路，实现了经济效益与艺术探索的双赢。由于演出的轰动效应十分强烈，直到今天日本戏剧界朋友提起《龙王》，仍交口称赞。

我认为，《龙王》这个合作项目的意义，在于文化交流突破了一般剧团的那种互访演出的模式，而由两个国家最具有代表性的古典剧种共同创作、同台演出。这是中日文化交流向纵深发展的一个标志，也是以多种方式进行文化交流的有效途径。

1992年9月29日是中日两国实现关系正常化20周年。新年伊始，我们高兴地看到日本著名剧作家、擅长写历史剧的真山青果（1878—1948）的话剧杰作《坂本龙马》被搬上了北京的京剧舞台。这是1992年中日两国人民友好的一枝美丽的报春花，是两国艺术家齐心协力、辛勤劳动的丰硕成果，也是中日文化交流的艺术结晶。

像《坂本龙马》这样，把原创的日本话剧改编为京剧，这种艺术形式的移植，可以说是京剧界的一次大胆尝试，也是在京剧演出史上未曾有过的先例。

坂本龙马（1835—1867），出身于日本土佐藩（今高知县）的低层武士家庭，幼时曾习过剑技。他在日本被称为"幕末'志士'"，是主张"攘夷尊王"的"皇权主义者"。但后来，他的思想也发生了一些变化，随着时代的发展，他不断接受新思想，由简单的一概排外的"攘夷派"，发展为"攘夷开国论"者。在江户德川幕府末期，坂本龙马认为，只要倒幕力量一致行动，就能使维新取得成功。在他的斡旋和安排下，萨摩藩（今鹿儿岛县）与长州藩（今山口县）尽弃前嫌，结成联盟，终于使幕府将军把大权还给了天皇。其间，实行锁国政策的幕府将军曾试图封锁长州藩与外国之间的贸易，但萨摩藩帮助长州藩获取了英国的武器。坂本龙马也曾在日本成立过海运船队。1867年12月，明治维新前夕，坂本龙马被幕府刺客在京都杀害。

1868年日本发生了震惊国内外的明治维新，这是一次不彻底的资产阶级变革事件，它虽然推翻了德川幕府，实现了"废藩置县"，摧毁了所有的封建政权，但仍保留了很多封建残余。明治政府对日本的政治、经济和社会实行大改革，促进了日本的现代化和西方化，但逐步走上了对外侵略的军国主义道路。

真山青果 1928 年创作的话剧《坂本龙马》以饱满的热情讴歌了这位江户幕府末期反对封建割据制度、反对列强侵略，积极主张开国，为开创日本近代文明而献出了年轻生命的志士坂本龙马，同时通过旁白，对 20 世纪 30 年代发动侵华战争的日本军国主义进行了大胆的批判。

中国京剧院院长吕瑞明将原作成功地改编为京剧，并由真山青果之女、新制作座剧团理事长——真山美保担任艺术顾问和总导演；著名京剧表演艺术家李光担任了导演并扮演剧中的主要人物坂本龙马。吴钰璋、李欣、沈健瑾、徐美玲等在剧中担任重要角色，联袂演出。

提起真山美保，她不仅是一位日本著名的戏剧家，而且一贯热心于中日友好事业，是中国人民敬重的、真诚的、可以信赖的老朋友。我与真山美保相识是 1957 年 5 月周总理在中南海紫光阁会见日本戏剧代表团时，我担任翻译。真山美保是这个团唯一的一位女团员。据她本人说，当时她 34 岁，创立新制作座剧团刚刚 6 年。会见时，寒暄过后，周总理同每一位客人都进行了简短的交谈，慢慢地，周总理把目光转向真山美保，问道："听说你以一个新的想法成立了新的剧团？"于是，真山美保向周总理介绍了新制作座剧团坚持下工厂、农村为基层群众演出的情况。周总理听后大加称赞，兴奋地说："太好了！你们选择的道路是正确的。……你们的艺术是'在人民群众中产生，在人民群众中发展的。'"会见后，真山美保说："我与周总理的谈话虽仅此一次，但从那以后，无论什么时候，只要想起周总理的话语，就能体会到他那颗炙热的心。我想周总理也一定理解了我的心情。"

《坂本龙马》在酝酿和排练的过程中，自始至终得到了以真山美保为首的新制作座剧团的艺术家们全力支持和大力合作。剧中的全部服装、道具和布景均由日方精心制作，《坂本龙马》是中日两国艺术家共同用心血和汗水浇灌的一朵鲜花。

由于中日两国的历史、风俗习惯和人们的心态等不同，中国演员必须进行刻苦学习。在合作过程中，双方人员多次来往于东京、北京，日方手把手地教，而中国演员则努力排练，克服了难以想象的困难。真山美保说：“为了真实地、原封不动地表现日本的风俗，中国演员甚至连如何戴头套、穿衣裳乃至如何化妆、如何掌握日本人的感情起伏，都进行了深入的学习。”“我们也曾演过外国戏，其中难度最大的是手和脚的那种非常自然的动作、喝茶的姿势以及眼神。过去英国等欧洲国家和美国也演过日本的剧目，可是他们都没有演好，和服的穿法不成样子，使人不堪入目。同时，我们表演中国的历史剧同样也得刻苦学习。”真山美保认为，李光扮演坂本龙马这个角色“确实下了功夫”。她说：“李光与其他几位表演艺术家吴钰璋、李欣、刘文光等人把日本革命家的形象演得活灵活现。”

为了使中国观众能更容易理解《坂本龙马》的剧情，吕瑞明改编剧本时想出了一个妙案，他让剧中坂本龙马视为亲妹妹的京都寺田屋旅馆的老板娘御登势不仅作为剧中人，而且还作为幕间报幕人向观众简明扼要地介绍时代背景。真山赞扬说：“扮演御登势的沈健瑾身穿和服、头戴日本发套，恰到好处地表演了地地道道的美貌京都妇女。”她还说：“在真山青果的作品中，登场的女性不是封建妇女，而是把她们描写成具有自豪感的人。她们像男性一样，既有思想，又有男性泼辣大胆的行动。当然，她们还具有女性的温柔。”因此可以说，沈健瑾和扮演御良的徐美玲、扮演君江的田冰三位女演员，比起日本电视剧中的著名女演员更能体现作者的意图。

我有幸观看了北京的首场演出。我深深地感到这一次的移植是非常成功的，为京剧改革的探索提供了一个新的机会和启示。京剧《坂本龙马》把京剧所有的手段都调动了起来，将日本的历史故事和京剧这一艺术形式完美地加以结合，既保留了真山青果原著的精髓，也体现了真山美保导演的风格和京剧这一融唱、念、做、打为一体的综合艺术的特色。主角李光在表现形式上借鉴了日本古典歌舞伎的舞蹈和武术，又很好地发挥了京剧武生行当的技艺技巧，展现出坂本龙马的风采。全剧不仅烘托出了明治维新前夕这一日本重大历史变革时期的时代气氛，而且以细腻明快的手法刻画了坂本龙马这位在政治上具有敏锐头脑和开阔视野，在生活上性格豪爽、颇有人情味的"幕末'志士'"。特别是尾声的处理，给观众留下了深刻印象。

坂本家乡的桂滨海岸，怒涛汹涌，白鸥盘旋。人们依稀而又清晰地看到坂本龙马屹立在那里眺望人间。这时，观众耳旁响起了旁白："……坂本龙马的理想没有实现，日本后来走上了军国主义道路，给中国人民带来了灾难。……龙马生前希望有一天能游历亚洲各国，今天他终于来到北京，向中国人民表示歉意。"

这是剧作者的心声，更是广大日本人民的心声。这些话，怎能不使中国观众深受感动?!

三、成功嫁接，合作献艺

今天，当我们提起把中国的国粹——京剧嫁接到其他国家的表演艺术时，自然会想到日本著名舞蹈艺术家花柳千代曾取材于中国敦煌壁画故事而精心创作的大型民族舞剧《大敦煌》。

日本推出的这部民族舞剧《大敦煌》与京剧合作——说得更准确一点，是把闻名遐迩的京剧武打场面自然而又巧妙地融合到日本的民族舞剧之中。此举并非"信手拈来，一蹴而就"，而是经历了一个相当漫长的过程，最后终于使这一嫁接取得成功的果实，展现在日本和中国的舞台上……

　　幕启。风沙中，一位身披袈裟的青年画僧朝敦煌的方向走去。

　　月夜，他来到鸣沙山。在月牙泉，惊奇地发现在干旱的沙漠中竟有一汪清泉。望着水面，他看到由水底浮现出释迦牟尼及其周围的众多菩萨戏水的场面。他在佛法感召下，挥笔作画，描绘西方净土和人间善恶的故事。——当地太守领属下的人民过着和平安宁的生活。一日，盗贼来犯，突袭平民，危害国家安宁，太守决心讨伐盗贼，亲自率兵出征。夫人在楼台上送行出征将士，并为他们的胜利祈祷。在酷热的沙漠中，敦煌军连日英勇善战，最后，盗贼头目带领众盗贼归顺敦煌军。全城百姓起舞欢迎凯旋的将士们。敦煌太守和夫人所代表的正义力量，战胜了邪恶。

　　……石窟中岁月流逝，画僧持灯日日绘画不止，绘出释迦牟尼及其弟子们的许多画面。突然，僧人的目光停留在太守、夫人及士兵的画面上。无数的画面使僧人脑海中形成一个完整的图像，最后，他完成了一幅曼陀罗图。于是，新的一幕又进入石窟悠久的历史之中，伴随着宇宙的无限时光，永久流传。

这便是《大敦煌》的故事梗概。显然，它是以莫高窟第156号窟的壁画《张议潮统军出行图》和《宋国河内郡夫人宋氏出行图》作为蓝本创作的。

剧作者花柳千代，原名田中千代。她 6 岁开始学习日本传统舞蹈，一辈子从事日本舞蹈的表演、传授、弘扬和普及，成为日本古典舞蹈花柳派的继承人和发展者。战后，1950 年她在东京丰岛区目白成立了花柳千代舞蹈研究所。据我所知，日本舞蹈由歌舞伎表演中独立出来后，至今已有 400 多年的历史，现在日本传统舞蹈已有上百个流派。一般认为，"花柳派"的特点是动作细腻，富于创新。

花柳千代第一次访华是在 1985 年的 5、6 月份。她的中国渊源是什么呢？让我们听一听花柳千代本人是怎么说的。

我对中国文化，自幼情有独钟，但知之甚少，直到 20 世纪 80 年代初我还没有去过中国。

我第一次访问中国，在 1985 年 5 月，是应中国艺术研究院的邀请，访问了北京、西安、兰州、乌鲁木齐、吐鲁番、敦煌、南京、上海等八个现代化城市和古城。

在北京，晚上欣赏京剧。演员唱到精彩处，场内便响起"好！""好！"的叫好声。歌舞伎的武打仅仅是花架子，但京剧的武打却是枪来刀去，令人目不暇接。我们俨然像一个京剧通，边嗑着瓜子，边看武打，就这样，享受着北京的夜生活。

我们在北京逗留了 13 天，离开北京，经西安、兰州等地后，终于来到梦中的敦煌。当时我根本没有考虑要以"敦煌"为素材来创作舞剧。

在莫高窟，我们用手电筒照射石窟，参观壁画，我感到腰部冰冷。因为在洞窟内要仰着脖子边听说明边看头顶上的壁画，感到脖子疼痛难耐。结束了参观，走出洞窟外，忽然刮来一阵从鸣沙山吹过来的小风，使我们终于松了一口气。

我们还看到一座山，山体堆积起来的红土，形状奇奇怪怪，令人莫测。那便是火焰山。我不由联想起纵横驰骋的孙悟空，便开始为心中构思的舞剧打起腹稿来。

总之，这次访华给我留下极为深刻的美好印象。这是一次文化交流之旅，是为我创作《中国之旅——〈河西走廊〉》《大敦煌》打下基础之旅。

花柳千代还表示，"我要以此为契机，同中国进行实质性的、富有成果的交流，不应该停留在表面上的外交辞令和仅是名人之间的交流"。

回国后，我根据这次参观敦煌所获得的印象，于 1986 年先创作了舞剧《中国之旅——〈河西走廊〉》，并获得了第 18 届舞蹈评论家协会奖。

这部作品，其实是我作为一个日本舞蹈家留下的"印象记"。我把首次访华的见闻，用日本传统舞蹈的技法加以表现，并且亲自登台表演。我在舞台上，一会儿扮演旅行者，一会儿变成孙悟空。在剧中，最着力描写的是用群舞来表现我在敦煌受到的感动。舞台上展现了广袤的大沙漠、戈壁古道、渭水之别、火焰山之风、敦煌莫高窟、鸣沙山之舞和流沙河之月夜。终场时，出现奈良的法隆寺，使它与敦煌重叠。那些来自中国的佛们，听着由山门传来的松涛声和琵琶的美妙音色，想起了西域，思念着他们的故乡——敦煌。而我—— 一个旅行者也怀念河西走廊，祈祷爱与和平。大幕渐渐落下。

谈到大型民族舞剧《大敦煌》，花柳千代说："那是我早在 1992 年就开始酝酿的。我决心在《河西走廊》的基础上，创作《大敦煌》。"

花柳谦虚地说："我虽然是一个佛教徒，但由于不够虔诚，在如何把敦煌变为舞蹈这个问题上，很长时间苦于找不到合适的题材。"正在一筹莫展时，成城大学教授东山健吾先生给她出了一个主意："可以把《张议潮统军出行图》舞蹈化。"这一句话，使她顿开茅塞。

《大敦煌》最早在日本公演是 1994 年 3 月。那时，剧中没有京剧武打的场面。翌年秋，花柳千代带着《大敦煌》的班底共 12 人到北京来，在中国艺术研究院举行了"日本舞剧《大敦煌》学术研讨会"，目的是征求中方的意见。会上，中方的舞蹈界专家对《大敦煌》（录像带）给予了充分的肯定，同时也提出了几点参考意见。最为重要的是，中方许多参加者都表示希望《大敦煌》能在中国公演。而这也是花柳千代久存心中的强烈愿望。

中国文化部表示热烈欢迎舞剧《大敦煌》来北京演出。与此同时，还决定把舞剧《大敦煌》纳入"'97 中国国际歌剧舞剧年"的活动之中。"'97 中国国际歌剧舞剧年"，是文化部和广播电影电视部为促进我国与世界各国的文化交流，发展和繁荣我国歌剧、舞剧艺术，从 1997年 3 月起举办的大型艺术交流活动。花柳千代对于舞剧《大敦煌》能参加这一活动，感到特别高兴。

日方提出希望能与中方合作演出，于是决定与中国戏曲学院联手。1997 年春，花柳千代前来北京，与周育德院长等人商讨如何修改剧本。经商讨，双方确定把张议朝的史实重新加以处理：舞剧的主题定为"爱与和平"，剧中不再出现"张议潮"的名字，把主角改为"太守"。"宋国夫人"的名字也不再出现；所谓"叛军"，一律改为"盗贼"。

这一年的 7 月下旬，花柳千代带领她的部分弟子——舞蹈演员到北京来。这一年北京的夏天是百年不遇的酷暑。中国戏曲学院参加演出的师生，即中方的演员们，与花柳千代的几位弟子一道，开始抓紧排练。在舞剧中，中方担任的角色之一是画僧，由时任中国戏曲学院副院长赵景勃扮演。吕锁森老师和辛雨歌老师分别扮演敦煌军队长和贼军队长。另外还有许多学生扮演士兵。他们在没有空调设备、又闷又热的排练教室里，一招一式地认真排练。每个人都汗流浃背，但情绪十分高涨。有一天，我受邀到现场，看到花柳千代不辞辛苦，边讲解边示范，她也大汗淋漓。对于中国演员来说，有两个关口必须要过：（1）剧中的音乐，用的是日本风格的曲子。节奏和韵律，与中戏师生所习惯的戏曲的锣鼓点儿有极大差异。（2）要去体会和熟悉日本舞蹈独有的那种"幽雅""闲寂"的情趣。

7 月 28 日，主办单位中国对外文化交流协会和协办单位北京京华文化娱乐公司在长安大戏院举行了新闻发布会。

花柳千代在会上强调，舞剧《大敦煌》的主题是"爱与和平"。之所以确定在今年演出，是为了庆祝中日关系正常化 25 周年，也是为中国敦煌石窟保护研究基金会募款进行义演。在发布会上，有记者问："这次的演出是中日双方合作，请问哪一方将成为主体？"花柳千代回答说："日方和中方在不同的场景中，各自表现自己的特长。究竟是谁掌握主导权，这不是问题。"还有的记者问："日本舞蹈和中国舞蹈在哪些方面是相通的？"出席招待会的周育德说："表现战斗和爱情的手法，有相似之处。例如骑兵，在中国经常是模拟牵马出场。千代女士编导的舞蹈动作，与中国相同，所以我们不感到陌生。"他还介绍说："千代女士希望能有一场士兵和盗贼夜间搏斗的戏，我们在讨论时，还没有等中方开口，她先提议用京剧《三岔口》的表现手法。这说明千代女士对京剧很了解，我对她的丰富知识很感佩。"

中日合作创作的舞剧《大敦煌》，于 1997 年 8 月 18 日、19 日两天在北京世纪剧院演出。全国人大副委员长王光英和刚刚访问敦煌归来的日本大使佐藤嘉恭观看了首场演出。看过演出后，我感到《大敦煌》是成功的。这部舞剧，既不是古典芭蕾和现代舞，也不是中国民族舞蹈，而是在日本传统舞蹈的基础上，吸收了中国传统戏曲的表现手法和舞蹈语言，并使它们浑然成为一体的舞蹈。一句话，它是在日本民族文化的个性与精神的基础上，吸收外来文化的一次宝贵实践，整个作品洗练、简洁、含蓄、隽永，它不求形似，只求神似，使人感到东方艺术的魅力。《大敦煌》反映的历史事件和历史人物，富有浪漫色彩，表现的主体——和平与人类的幸福具有强烈的现实意义。

《大敦煌》在观众面前展现的是全新的艺术形象。花柳千代扮演的太守夫人神采奕奕，演技娴熟，十分精彩。扮演太守的年近八十的花柳寿乐，真不愧"人间国宝"称号，他精神矍铄，在舞台上动作灵活优美，起到了画龙点睛的作用，给中国观众留下了深刻印象。他们的着装尽管是和式的，却不给人以格格不入之感。太守出征时，在高台上送行的夫人把微微颤抖的手放到胸前。尽管动作不大，但仅此一个动作就使人感到夫人是多么担心太守的安危。在出征分手的那一场戏中，寿乐和千代的动作不多也不少，既不夸张也不激烈，他们通过手中的扇子的骨缝互送秋波、传达爱情，就足以表达他们的绵绵情意和互相关怀。应该说，他们两位更多注重的是内心情感的表达，每一个动作都是那样的细腻、生动、准确。

中国派出日本的京剧演员，在这次的合作中情况怎样呢？花柳寿乐满意地指出，同台演出的京剧演员表演非常到位，张力十足，主要以"动"为主，因此，他要彻底地以日本舞蹈的特点"静"来对应。剧中有一个情节：贼军头目在战斗中被俘，如何处置？花柳寿乐主张不杀，立即释放。剧情的这一处理，体现了此剧当初确定的宗旨。中国年轻演员，在台上的一举手、一投足，一颦、一笑，一丝不苟，样样都符合要求，完全没有使花柳千代失望。

在北京的演出结束后，花柳千代女士率团从中国回国。9月17日在东京国立剧场举行了凯旋公演。参加演出的中戏的师生们在周院长率领下，9月12日到达东京，投入最后的排练。我和妻子也应邀到东京出席观看了演出。

9月17日下午3—8时，《大敦煌》在东京国立剧场演出了两场。这次日方参加演出的阵容，要比在北京时大得多。舞台装有演出歌舞伎时使用的"花道"。何为"花道"？"花道"就是设在观众席后方左侧一直延伸至舞台上的一条通道，用于演员登场或退场，它也是演员大显身手的一个空间。不消说，这一装置，使扮成武士的中国演员可以在"花道"上充分展示武艺和才能，他们翻着筋斗，穿过观众席震撼登场，使观众目不暇接。当一个个武士勇猛地翻着筋斗出现时，从观众席传来了雷鸣般的掌声，场内气氛顿时达到了高潮。

那一天，日本皇族三笠宫崇仁亲王和王妃出席观看。中间休息时，在一楼吃茶店"羽衣"设立的贵宾专座用茶。日方接待人员把我们介绍给两位。寒暄过后，三笠宫亲王对舞剧《大敦煌》主动地向我谈了他的感想。他说："把京剧的动作与日本舞蹈糅到一起，很和谐、完整。我认为，这种交流很好。"接着，他问我："中国的演员是怎样培养的?"我回答后，三笠宫亲王说："梅兰芳也曾来过日本。"我说："是的，那是在1956年。我知道，殿下是著名的东方学学者。"他说："我本是研究中近东的。后来研究中国文化是怎样通过丝绸之路传到日本的，所以就研究了中国历史和日本历史。我今年83岁，年轻时也跳过舞，跳过民间舞、方形舞。我也搞过冰上舞蹈。这是我最得意的。70

岁以后，我开始跳日本舞蹈。我觉得，还是日本舞蹈适合日本人。"三
笠宫亲王谈的这一情况，在此之前我闻所未闻。他的谦恭和坦率，给我
留下了深刻印象。开演的铃声响后，我们握别。

《大敦煌》在东京的这场凯旋公演，与在北京的演出一样，获得了
巨大成功。正是：

> 风云《大敦煌》，
> 千代多姿寿乐昂，
> 美誉满扶桑。

舞剧《大敦煌》在中日两国的演出之所以取得如此大的成功，是
由于花柳千代得到了各方面的大力支持。不消说，这与花柳千代的热情
以及她锲而不舍的努力是分不开的。在东京的首场演出后，花柳千代激
动地说："12 年前我在中国播下的小小种子如今开了花，结了这样的果
实，实在是感慨万端。"

为了表彰花柳千代，2004 年 10 月中国政府文化部向她颁发了"文
化交流贡献奖"。

光阴流逝，往事如昨。当我们今天回顾那些岁月时，怎能不心潮澎
湃，感慨万端？同时，对今后的京剧发展和国际交流产生了一些新的
认识。

如今，中国已进入具有中国特色社会主义建设的新时代。中华文明
在新时代一定要同其他文明互通有无，交流借鉴，我们要秉持开放包
容、海纳百川的胸怀，打破文化交往的壁垒，以自信开放的姿态更好地
推动中华文化走出去，不断提升国家文化软实力和中华文化的影响力，
推动中华文明在同其他文明的交流互鉴中焕发新生机。我们一定要推出

更多同新时代相匹配的文化精品，加强国际传播能力建设，深化文明交流互鉴。习近平同志一向非常重视我国的国际传播事业。在党的二十大报告中，他强调指出，我们要"增强中华文明传播力影响力，坚守中华文化立场，讲好中国故事、传播好中国声音，展现可信、可爱、可敬的中国形象，推动中华文化更好走向世界"。习近平同志为我们今后大力增强国际传播能力，明确地指出了努力方向。

我个人的粗浅体会是："讲好中国故事""传播好中国声音"，理所当然地包括开展好京剧的国际交流在内。这个"好"字，就是要求我们在守正创新、坚守中国立场不动摇的基础上，进一步提高传播的最佳效果和高度的艺术性。当前，我们面临的迫切课题，就是：（1）要在新时代大力提高对"讲好中国故事"的战略意义的认识；（2）要在新时代切实提高执行这一任务的自觉性。

2024 年新春　于北京